하드보일드 트립

이 책은 <2025년 NEW BOOK 프로젝트-
협성문화재단이 당신의 책을 만들어드립니다> 선정작입니다.

낭만도 위로도 없는 유라시아 횡단기

하드보일드 트립

김귀선 지음

CONTENT

IV. 마주하다_사람을

V. 돌아보다_운명을

지금 떠나지 않으면 미칠지도 몰라

나에게서 구하라

직장 5년차, 어느 날 새벽이었다. 출근하려고 눈을 떴는데 이유 없이 눈물이 주르르 흘렀다. 번아웃이었다. 몇 달 전부터 조짐이 있었다. 일에 대한 열정, 삶의 호기심이 언제부턴가 희미해졌다는 걸 깨달은 순간부터였다. 인생이 시시하게 저물 것 같은 두려움이 엄습했다. 어제 같은 오늘, 오늘 같은 내일을 살다 그대로 끝날지도 모른다는 공포였다. 나는 결국 직장을 그만두고, 삶의 방향을 틀기로 했다.

세계 무대를 누비는 '글로벌 인재'가 되겠다는 야심을 품고 코이카(KOICA) 봉사단원에 지원했다. 우즈베키스탄으로 향할 때만 해도 멋지게 경력을 쌓아 저절로 국제개발협력 전문가가 될 줄 알았다. 하필 목적지가 뉴욕도 런던도 아닌 중앙아시아 변두리라니. 애초에 앞뒤 맞지 않는 좌충우돌의 시작이었다.

2년간 우즈베크 시골에 짱박혀 연마한 거라곤 전기 없

이 밥하기, 가스 없이 겨울나기, 사기 안 당하고 환전하기 같은 생존 기술뿐이었다. 현지인과 말싸움이 가능한 러시아어와 우즈베크어 실력은 덤이었다. 막상 경험한 국제협력 일은 기대만큼 의미나 보람이 없었다. 묵묵히 봉사를 이어가기엔 내 그릇이 턱없이 작다는 중요한 사실 또한 깨달았다. 세상을 구하기는커녕 내 앞가림하기도 벅찼다. 거창한 포부가 무너지는 데는 2년이면 충분했다.

한국으로 돌아왔을 때, 나는 인생의 경로를 이탈한 미아가 되어 있었다. 남들은 앞을 향해 내달리는데 나만 뒤처진 시간을 살았다는 자각이 그제야 찾아왔다. 광화문 네거리 바쁜 사람들 틈에서 나는 땅만 보고 걸었다. 무엇을 하고 싶은지, 아니 무엇을 할 수 있는지도 모르는 채 캄캄한 안개 속을 헤맸다.

그때 명상을 만났다. 불안과 후회, 분노로 요동치는 정신을 붙잡으려 명상센터를 전전했다. 인도의 요가원부터 한국의 산기슭까지 1년을 떠돌았다. 그러던 어느 날, 소나무 아래서 스승님의 말씀을 듣던 중 속에서 뜨거운 질문 하나가 솟구쳤다.

'나는 평생 남에게 답을 구하며 살아야 하나?'

내 인생이다. 내 길이다. 그런데 왜 자꾸 남의 입을 쳐다

보며 정답을 구걸하고 있나.

지금 떠나지 않으면
미칠지도 몰라

17개월째 백수 생활, 마음에 평화가 찾아오는가 싶더니 다시 막막한 어둠이었다. 명상도 약발이 다했다. 이제 어디로, 어떻게 발을 내디뎌야 할까? 이대로라면 미쳐버릴 것 같았다. 그 순간 하나만은 분명했다.

'익숙한 일상을 벗어나야 한다!'

짧은 시간에 많은 것을 겪고, 멀리 닿는 길은 여행뿐이었다. 머리가 뒤죽박죽일 땐 몸으로 부딪쳐야 한다. 반드시 뭐라도 얻는다. 이렇게 가만히 앉아 미치느니, 차라리 길 위에서 미치는 편이 나았다.

나는 망설임 없이 배낭을 꾸렸다. 그간의 여행은 늘 돌아올 기약이 정해져 있었다. 이번 여행에는 아무것도 계획하지 않았다. 초대하는 사람도, 반겨줄 목적지도, 가이드북 한 권조차 없었다. 정해둔 건 오직 하나. '발길 닿는 대로 흐르자.'

인생에 한 번쯤은 닥치는 대로 살아보고 싶었다. 한국의 공기는 늘 나를 짓누르듯 무거웠고, 나는 완벽해야 한다는 강박 속에서 스스로를 다그쳤다. 그럴 때마다 여행이 숨통을 틔웠다. 내가 살아있음을 느끼게 하는 유일한 피난처였다.

나를 지탱하던 모든 통제와 계획을 내려놓고, 오롯이 나 자신에 의지해 흘러가기로 결심했다. 여행이 '이만하면 됐다' 싶으면 그때 돌아오자. 나는 10만 원짜리 블라디보스토크행 비행기에 몸을 실었다. 벚꽃이 눈처럼 흩날리던 4월, 서른다섯 살의 봄은 또 다른 시작이었다.

화두를 잊은 여행

"정말 내 인생의 답을 스스로 구할 수 있을까?"

비장하게 품은 화두는 여행이 시작되자마자 개나 줘버렸다. 답을 찾기는커녕 길바닥 위에서 하루하루 버티는 일만으로도 벅찼다. 여행이 언제 끝날지, 그 끝에 무엇이 기다릴지 짐작조차 할 수 없었다.

히치하이킹과 자전거로 유럽 전역을 떠돌았다. 노숙을

일삼고, 필리핀에서는 5인조 소녀 강도단에게 털렸고, 터키에서는 들개 떼에게 쫓겼다. 공원 벤치, 두오모 기둥, 트럭 짐칸, 지붕이 없어도 잠은 쏟아졌다.

도대체 왜 이렇게까지 극한으로 나를 몰아야 하는지 이유조차 알 수 없었다. 가슴 속 불길은 꺼지지 않았고, 그 불이 이끄는 대로 나는 길바닥을 헤맸다. 길 위에서 부서지고, 다시 일어서고, 또다시 부서졌다.

길바닥 여행자의 탄생

습지 보존 협약으로 유명한 이란의 도시, 람사르에 들렀을 때였다. 언제나처럼 숙소에 배낭을 던져두고 곧장 거리로 나섰다. 도시는 생각보다 작고 고요했다.

저녁거리를 담은 비닐봉지를 들고 어둑살 내린 거리를 터덜터덜 걸어 숙소로 돌아가던 길. 머리 위로는 운동회 날 만국기 같은 깃발이 나풀거렸고, 하늘은 복숭아빛에서 살구빛으로 번져가고 있었다. 거리에 가로등 불빛이 하나둘 켜졌다.

갈림길에 이르렀을 때 문득 걸음을 멈췄다. 고개가 빠지도록 하늘을 올려보다가, 다시 내 발밑에 펼쳐진 길을 물끄러미 내려다보았다. 그 순간, 한 생각이 스쳤다.

'이 길바닥이 내 집이로구나.'

나는 아침에 눈을 뜨면 곧장 거리로 나섰고, 온종일 길을 쏘다니다가 노을에 등 떠밀려 숙소로 돌아갔다. 길에서 자고, 길에서 먹으며 하루를 버텼다. 길 위에서 시작된 고단한 하루는 언제나 길 위에서 끝났다.

이제는 배낭을 둘러메고 어디를 가든, 누구를 만나든 마음이 편안했다. 여행이란 거창한 게 아니었다. 끼니를 때우고 잠자리를 구하는 일, 단지 장소만 바뀔 뿐이었다. 어느새 길과 나는 구분할 수 없는 한 몸이 되어 있었다.

왜 여행을 하는가?

"여행은 인생을 축약해서 사는 일이다."

먹고, 자고, 선택하고 또 선택하는 것. 끝없는 선택의 연속에서 순간은 곧 삶의 축소판이 된다. 익숙함이 통하지 않는 세계에선 관성에 묻혀 있던 감각이 또렷이 깨어난다. 모든 것이 새롭기에 선택은 더 진지해지고, 시간은 밀도 있게

흐른다. 길 위의 하루는 일상의 몇 달과 맞먹는다.

낭만은 없다. 우아한 위로도 없다. 이것은 길을 잃고서야 비로소 자신만의 지도를 그려나간, 한 인간의 하드보일드 횡단기다.

유라시아 대륙 길바닥에서 보낸 700일. 십수 년을 농축한 시간 속에서 물었다.

나는 왜 떠났는가. 왜 길이어야 했는가.

어디로든 갈 수 있을 것만 같던, 람사르 거리의 노을

I. 떠나다_일상을

길을 잃고서야 시작된 질문
나를 자유롭게 하는 힘
아니, 나 혼자 여행이야

길을 잃고서야
시작된 질문

모든 건
하노이의 도로 위에서 시작되었다

한낮의 무더위 때문인지 베트남의 하루는 참 일찍도 시작된다. 새벽 공기엔 아직 서늘한 기운이 남아 있었고, 나는 그 기운이 좋아 부지런히 거리로 나섰다.

예상대로 하노이의 아침 풍광은 분주했다. 오토바이 물결은 뒤엉켜 흐르다 신호가 바뀌면 일사불란하게 돌격했다. 꼭 전열을 잘 갖춘 몽골 기마병 같았다. 시장 골목에선 커다란 냄비 안에서 쌀국수 육수가 바글바글 끓었다. 나는 목욕탕 의자에 쭈그리고 앉아 국물 한 방울까지 비워냈다.

배도 든든하겠다, 이제 본격적인 탐험이다. 나는 자전거 대여점부터 찾았다. 사람들은 대부분 편한 스쿠터를 탔지만, 기름 채우기도 귀찮고 살방살방 마실이나 다닐 요량이었다. 잔차를 빌리려면 여권을 맡기라길래 머뭇거리자 주인장이 말했다. "아니면 보증금 200달러 내든가." "여권 맡길게요!"

나는 삐그덕대는 낡은 자전거를 끌고 하노이 골목을 누볐다. 곧 해가 뜨자마자 후회가 밀려왔다. 작열하는 태양 아래 축축한 더위가 온몸을 휘감았다. 사람들이 왜 스쿠터를 타는지 뒤늦은 깨달음이 왔다. 땀을 뻘뻘 흘리며 '호찌민' 박물관으로 향했다. 지도에선 가까워 보였는데 도로가 대부분 일방통행이라 한참을 빙빙 돌아야 했다.

박물관의 외관은 웅장했지만 내부는 조용하고 소박했다. 생전에 '호 아저씨'라 불렸다는 그의 삶이 그대로 전해졌다. 해가 지기 전에 숙소로 돌아가야 했다. 서둘러 박물관을 나섰다.

그런데 웬걸, 도로 상황이 심상치 않았다. 메뚜기떼 같은 오토바이들로 빼곡했다. 도로는 오토바이 엔진 소리와 매연으로 꽉 막힌 거대한 벽이었다. 아뿔싸, 퇴근 시간이었다. 한낮의 여유로움에 취해 전날 공항에서 숙소로 이동하던 기억을 잊고 있었다. 싸다고 무심히 오토바이 택시를 탔다가 지옥을 봤었다. 급정거와 급가속에 내장이 쏠리는 공포.

이미 해는 뉘엿뉘엿 저물어 갔다. 일촉즉발, 부릉대는 오토바이와 자동차 무리 틈에 외로운 자전거 한 대가 끼여 있었다. 손에선 식은땀이 흘렀다.

생각하지 마, 살려면 달려

신호가 떨어지자 생존의 레이싱이 시작됐다. 오토바이 물결에 휩쓸리지 않으려면 죽자사자 페달을 밟는 수밖에 없었다. 심장이 벌렁거렸다. 사방에서 울려대는 경적과 매캐한 매연에 혼이 쏙 빠질 지경이었다.

멈춤 신호에 정신을 차려보니 나는 오토바이에 이중, 삼중으로 겹겹이 포위돼 있었다. 좌우엔 자동차까지 으르렁댔다. 고래 등에 긴 새우 꼴이었다. 분명 가장자리에서 출발했는데 어느새 도로 한복판으로 떠밀려 와 있었다. 빠져나가려면 가장자리로 붙어야 했지만, 이 허약한 자전거가 비집고 들어갈 틈은 보이지 않았다. 지도를 꺼낼 여유는 더더욱 없었다.

파란불이 켜지자 너도나도 가속을 시작했다. 남자도 여자도 노인도 모두 엑셀을 끝까지 당기고 싶어 안달난 것 같았다. 숙소로 가려면 여기서 좌회전을 해야 하는데…. 어버버하는 사이 거대한 파도가 나를 오른쪽으로 밀어버렸다. 이번엔 계획에도 없는 우회전이다. 목적지 따위는 중요하지 않았다. 살려면 대세를 따라 뛰는 수밖에.

방향 감각은 진작에 잃어버렸다. 사실 방향이고 나발이고 머릿속엔 '살아야 한다'는 일념뿐이었다. 무섭게 달려드는 오토바이 틈에서 나는 낡은 핸들을 생명줄처럼 부여잡았다. 넘어지면 끝이었다.

'뒤처지면 안 돼. 일단 흐름을 타자.' 나는 스스로에게 최면을 걸었다. 이대로 직진하다 보면 목적지가 나오겠지. 그렇게 믿어야 했다. 아니, 그렇게 믿고 싶었다.

생각하는 대로 살지 않으면, 사는 대로 생각하게 된다

얼마나 달렸을까. 어느새 주변이 캄캄해지고 오토바이 물결도 잦아들었다. 이때다 싶어 재빨리 인도로 올라섰다.

"살았다…." 험한 속도 경쟁에서 살아남았다는 기쁨이 짜릿하게 스쳤다.

"휴우… 그나저나 여긴 어디지?"

숨을 몰아쉬며 주위를 둘러봤다. 하노이 도심과는 딴판인 인적 드문 허름하고 낯선 풍경. 그제야 내 꼴이 눈에 들어왔다. 머리는 산발이고, 얼굴엔 땀과 먼지가 범벅되어 시커먼 땟국물이 흘렀다. 얼른 지도를 꺼내 펼쳤다. 한참을 더듬었지만 눈앞 주소와 풍경은 지도 위 어디에도 없었다. 나도 모르는 사이 지도 밖으로 밀려나 있었다.

좀 전까지만 해도 사력을 다해 달리던 일이 순식간에 아득한 꿈처럼 멀어졌다. 사실 멈추려 했다면 방법은 있었다. 갓길로 조금씩 이동하며 인도로 올라서면 될 일이었다. 제대로 방향을 잡으려면 대신 수시로 멈춰 확인하는 여유가 필요했다.

솔직히 나는 잠깐이라도 속도 경쟁에서 빠져나오기가 싫었다. 지도를 확인하는 시간도 아까웠다. 옆에서 달리니 덩달아 뛰게 됐다. 끓어오르는 호승심은 스스로에게 명분을 주었다. '일단 쭉 가. 어차피 길은 다 통하잖아?' 나는 마치 짧은 인생을 압축해서 산 듯한 기분이었다.

"일단 공부해. 대학 가. 직장 잡아. 결혼해."

“왜요?”

“남들도 다 그렇게 하잖아.”

“이게 정말 나한테 맞는 길일까요? 잠깐 멈춰 생각해 보면 안 돼요?”

“무슨 한가한 소리! 사람들 안 보여? 너는 고작 이 낡은 자전거로 하품 나는 속도밖에 못 내고 있다고! 옆에 있던 빨간 스쿠터가 벌써 저만치 앞섰잖아. 질문 그만하고 얼른 밟아!”

“알았어요, 달려요! 나도 달린다고요!”

가슴속에서 ‘이 길이 맞나?’ 하는 의문이 들 때마다 페달을 밟아 뭉개버렸다. 생각하는 시간마저 아까웠다. 가다 보면 목적지가 나올 거라고 스스로를 속이며 미친 듯이 달렸다. 그 결과가 이거다. 어딘지도 모르는 낯선 길바닥.

나는 노점 리어카에서 오렌지 몇 개를 샀다. 한 손엔 소용없어진 지도, 다른 한 손엔 오렌지. 길바닥에 털썩 주저앉아 껍질을 깠다. 톡, 하고 상큼한 향이 땟국물 흐르는 손끝에서 피어올랐다.

“나는 지금 올바른 방향으로 가고 있는가?”

그 순간 내게 가장 절실한 물음이었다. 이 질문을 놓치면, 내 인생도 방금처럼 영 엉뚱한 곳으로 떠밀려 갈지 모

른다. 깜깜한 하노이 저녁, 낯선 길바닥에 주저앉아 오렌지

를 씹으며 나는 그 물음을 가슴 깊숙이 새겨 넣었다.

관건은 **따라 뛰지 않는 것, 어디로 가지?**

나를 자유롭게 하는
힘

해가 지지 않는다는 백야(白夜). 자정이 넘어도 거리는 어둠에 잠기지 않았다. 창으로 흘러든 빛에 눈을 뜨면 두 시, 다시 감으면 세 시. 몇 번을 속은 끝에야 아침이 왔다. 버스도 공항도, 풍찬노숙도 침낭 하나면 거뜬했는데 이곳에선 밤마다 뒤척였다. 지평선 아래로 내려가지 않는 태양, '벨라야 노치' 때문이었다. 유라시아 여름이 시작된 어느 날, 나는 상트페테르부르크에서 몸에 밴 시간 감각을 떨쳐내려 씨름하고 있었다.

　도심 전체가 유네스코 문화유산인 페테르는 눈길 닿는 곳마다 그림이었다. 강과 운하가 실핏줄처럼 얽혀 있고, 네바강은 바람과 불빛을 품었다. 자정 무렵 네바강 위 거대한 다리가 갈라지듯 열리자, 강둑에 모인 사람들은 환호하며 손뼉을 쳤다. 에르미타주 박물관의 불빛이 강물에 흔들리면 내 그림자도 따라 흔들렸다.

　페테르는 아침부터 밤까지 끊임없이 빛을 갈아 끼우는 보석이었다. 러시아 여행의 종착지였던 이곳에서 나는 종일 거리를 헤집었다. 낮도 밤도 모두 낮 같아 하루는 길고 끝이 없었다. 떠날 무렵엔 이미 이곳에 오래 산 유령이라도 된 기분이었다. 시차 적응에 실패한 정신 몽롱한 유령.

누가 좋은 사람일까?

다음 목적지는 러시아와 국경을 맞댄 핀란드의 수도 헬싱키였다. 특별한 이유는 언제나 없었고 그저 버스값이 가장 저렴하다는 것. 그런데 문제는 정보였다. 가이드북엔 뻔한 소리만 적혀 있었고, 인터넷 검색도 하나같이 시원찮았다. 어디서부터 여행을 시작해야 할지 감조차 잡히지 않았다.

막막할 때마다 나는 여행자 커뮤니티 '카우치서핑'을 떠올렸다. 여행자끼리 숙소를 공유하기에 현지인들의 삶을 가까이서 보고 경험한다는 장점이 있었다. 하지만 헬싱키 호스트 목록을 열자 사람 머릿수가 별처럼 쏟아졌다. '이 많은 사람 중 대체 누가 좋은 사람일까?'

대도시일수록 선택은 어지러웠다. 우선 여성 호스트만 추려보았지만 그래도 수백 명. 거절당하면 어쩌지? 만났는데 이상한 사람이면? 혹시라도 위험한 상황이 닥치면? 기대보다 걱정이 꼬리를 물었다. 카우치서핑에 장점이 많아도 막상 이용하려면 골치가 아팠다. 차라리 돈 내고 게스트하우스 가는 게 속 편하지 싶었다. 생각은 제자리걸음처럼 늘 원점으로 돌아왔다.

관계는 상대적인 거야

헬싱키 호스트를 두고 끙끙대던 그때, 신세 지던 아파트 주인 사샤가 주방에 들어왔다. 엔지니어로 일하는 스물여덟 살의 청년. 노보시비리스크에서 만난 친구 지마 부부가 나를 소개하자, 사샤는 기꺼이 자신의 집 한쪽을 내어주었다.

백야의 늦은 밤, 역까지 마중나와 준 사샤의 친절이 고마웠지만 막상 집에 도착했을 때 나는 꽤 당황했었다. 가족과 사는 줄 알았는데 독신 남성이었기 때문이다. 러시아어 소통에 오해가 있었던 모양이다. 러시아나 유럽에선 흔한 일이라지만, 낯선 청년과 일주일을 지낸다는 건 나에게 영 편치 않았다. 집은 좁기까지 했다. 물론 사샤는 저녁까지 준비해 둔 친절하고 예의 바른 사람이었다. 고마움은 고마움이고, 불편한 건 불편했다. 나는 솔직히 털어놓았다.

"사샤, 네 호의는 고마워. 그런데 나는 네가 가족과 함께 사는 줄 알았어. 좁은 집에 내가 있으면 서로 불편할 것 같아. 오늘만 신세 지고 내일은 게스트하우스로 옮길게."

사샤는 손사래를 쳤다.

"나는 괜찮아. 너는 지마의 친구니까 내 친구이기도 해. 난 일 때문에 집에 있는 시간이 별로 없어. 마음대로 써. 나는 불편하지 않아. 나 역시 너를 불편하게 만들지 않을게."

주객이 전도된 그 담백한 말에 못 이겨 며칠만 머문다던 게 어느새 일주일째, 나는 주방에 간이침대를 두고 눌러앉았다. 빈집에서 한식도 해 먹고, 그가 알려준 숨은 명소를 찾아다녔다. 그는 솔직하고 천진했고, 때론 애늙은이처럼 현명해서 대화는 늘 즐거웠다. 게스트하우스로 옮겼다면 이런 친구를 얻지 못할 뻔했다.

나는 마침 주방에 들어 온 사샤에게 카우치서핑 고민을 털어놨다.

"호스트 찾기가 너무 힘들어. 누가 좋은 사람일지 감이 안 와."

사샤가 진지하게 말했다.

"처음 지마가 너를 손님으로 부탁했을 때 나는 두려웠어. 외국인을 사귀어 본 적 없고, 영어도 못 하고, 집을 더럽히면 어쩌나. 하지만 널 겪으면서 모든 걱정이 사라졌어. 좋은 사람은 상대를 좋은 사람으로 만들어. 그러니 너무 염려 마. 네가 나에게 여행할 용기를 불어넣은 것처럼 너는 어디서든 좋은 만남을 만들 거야. 너 같은 여행자를 만나는 건 아주 신나는 일이거든!"

미래는 내가 만든다

나는 앞일을 지나치게 당겨서 걱정하는 편이었다. 꼼꼼한 계획과 통제 성향은 여행에서 큰 스트레스를 불렀다. 낯선 환경에서 시행착오는 당연한데도, 그때마다 자책하며 스스로를 갉아먹었다.

인생은 결국 순간의 선택들이 쌓여 만들어진 지도다. 그 중에서도 여행은 그 선택의 밀도가 가장 높은 시간이다. 낯 선 길 위에서의 선택은 위험했고, 그만큼 예민했다. 머리에 쥐가 나도록 시뮬레이션 해 본들 다음 순간을 예측하기란 불가능하다.

나는 미래를 '이미 정해진 길'이나 '완성된 장면'쯤으로 여겼다. 혹시라도 틀린 선택을 할까 봐 조바심을 내며 스스 로 발목을 잡았다. 온갖 변수를 따지고, 빠뜨린 건 없는지 몇 번이고 되짚느라 결정을 미뤘다.

하지만 미래가 정해진 것이 아니라면? 그때그때 내가 만 들어 가는 것이라면? 이야기는 완전히 달라진다. 미리 겁 먹을 이유가 없다. 어차피 나는 모른다. 내가 할 수 있는 건 선택하고, 행동하고, 그 결과를 책임지는 것뿐이다.

진짜 중요한 건 예측력이 아니라 대응력이다. 상황을 읽 고, 부딪히고, 풀어내는 힘. 설령 손해보는 일이 생겨도 감 수하면 된다. 책임지면 된다. 그뿐이다.

어깨가 한결 가벼워졌다. 헬싱키에서 마리아를 만나든 제인을 만나든 미리 쫄 필요 없었다. 할 수 있는 것에 최선 을 다하면 된다. 미래는 정해진 길이 아니라, 내가 걸어가며 만드는 길이다. 단순한 진리였다.

나를 자유롭게 하는 빛을 좇아, 페테르의 백야

증명할 시간

머리로는 알겠다. 하지만 가슴 한편에선 여전히 의문이 든
다. '미래를 내가 결정한다? 그게 진짜일까? 어떻게 증명하
지?'

진짜 내 것으로 만들기엔 믿음만으론 부족했다. 누군가의 말이나 책을 인용 삼아도 설득되지 않았다. 이건 나 자신과의 문제였다. 오직 내 경험으로만 검증할 수 있으며, 몸으로 부딪치며 살아낼 때에야 비로소 체화될 말이었다.

길 위에서 나는 혼자였다. 방해꾼은 없었다. 몇 달이 될지, 몇 년이 될지는 몰랐다. 다만 이 여행에서 수많은 선택과 마주하리라는 것만은 분명했다. 그때마다 내 안의 목소리를 따르기로 했다. 주저하지 않고 행동하자. 길이 열릴지 닫힐지는 두고 보면 알 일이다. 앞으로 내가 맞이할 선택은 옳고 그름의 문제가 아니었다. 그 과정을 통과하며 나 자신을 단련하는 문제였다.

물론 내가 길을 만든다고 믿었던 그 비장한 순간조차, 실은 거대한 운명의 트랙 위였을지도 모른다. 하지만 그걸로 충분했다. 나를 자유롭게 하는 힘은 내가 결정하는 힘이었다. 설령 운명이 있다 한들, 내가 자유로운 뒤에라야 의미가 있을 것이다.

상트페테르부르크를 떠나는 순간, 진짜 나 홀로 여행이 시작되었다.

아니,
나 혼자 여행이야

여자를 사람으로 고쳤다

중학교 3학년, 전교회장 선거에 나섰다. 튀고 싶어서 당시 유행하던 TV 광고 카피를 패러디했다. 포스터 맨 위에 굵은 매직으로 적었다. "저 여자 누구야?" 그런데 뭔가 찜찜했다. 바로 '여자'라는 단어 때문이었다.

나는 초등학교 시절 내내 육상부 대표였고 숏컷에 체육복만 입고 다녔다. 사람들이 "쟤 여자야, 남자야?"라고 수군대면 오히려 으쓱했다. 나는 그걸 강해 보인다는 의미로 받아들였다.

사춘기가 와도 나는 스스로를 특별히 여자라고 인식하

지 않았다. 여자라 하면 왠지 큰 어른이어야 할 것 같았다. 그렇다고 포스터에서 '여자'라는 단어를 지우자니 패러디의 의의가 사라질까 봐 망설여졌다.

저녁에 퇴근한 아버지가 포스터를 보더니 말씀하셨다.

"잘 만들었구나. 그런데 '여자'라는 단어를 '사람'으로 바꾸면 어떻겠니?"

역시! 나는 시원스럽게 네, 하고는 재빨리 고쳐 적었다.

"저 사람 누구야?"

나는 나로 성장합니다

이 작은 일화는 내 정체성을 세운 첫 단추였다. 나는 무엇보다 나 자신을 사람으로 인식했다. 사춘기 소녀들이 으레 갖는다는 '예뻐 보이고 싶다', '여성스럽고 싶다' 혹은 '칭찬받고 싶다'는 욕구, 내 사전에 그런 건 없었다. 남의 시선 따위, 알 바 아니었다.

이런 성향은 내 타고난 기질도 있지만, 부모님의 교육에서 비롯된 면이 컸다. 우리 집엔 '잔소리'라는 게 일절 없었다. 잔소리라는 단어를 처음 접했을 때, 도무지 무슨 뜻인지 몰라 어벙벙했었다. 아들 하나 딸 넷, 북적이는 집안에서도 부모님은 단 한 번도 "여자는 이래야 된다", "남자는 저래야 된다"라고 선을 긋지 않으셨다. 하고 싶으면 하게 됐고, 예의범절만 공평하게 가르쳤다. 유교문화가 깊게 뿌리 내린 지역이었지만, 우리 집만큼은 할머니와 부모님 모두 성 역할의 굴레에서 자유로운 분들이었다.

물론 집 밖은 달랐다. 학교는 투쟁이었다. 교장·교감·학생주임 선생님들은 내 숏컷 머리와 체육복 바지를 못 잡아먹어 안달이었다.

"머리 꼬라지가 그게 뭐로? 남자도 아니고, 좀 길러라."

"야야, 이리 와! 교복 치마는 어디다 팔아먹고 체육복 바지야?"

그럴 때마다 나는 능글맞게 고개를 숙였다. "아이고 지당하십니다. 네네 고쳐야죠." 입으로는 반성문을 썼지만, 속으로는 콧방귀를 뀌었다. 머리를 당장 억지로 기를 수도 없고, 그냥 바지 위에 치마를 덧입으면 그만이었다. 나를 낳아주고 길러준 부모님도 아무 말씀 안 하는데, 댁들이 뭐 내 도시락 한번 싸줘 봤나?

나는 그렇게 천방지축으로, 여자라는 틀보다 '나는 나'라는 정체성을 단단하게 채우며 자랐다.

남자라서도 여자라서도
안 된다니

슬로바키아의 수도 브라티슬라바 외곽 주유소에서 히치하이킹을 하려다 우연히 또래 한국인 주재원과 마주쳤다. 그는 그간의 내 히치하이킹 여행담을 듣더니 대뜸 말했다.

"운이 좋으시네. 그건 댁이 여자라 가능한 겁니다."

뜻밖의 반응이었다. 보통은 "여자 혼자 제정신이냐"고 훈수를 두는데, 이 사람은 정반대였다. 유럽인들이 여자에게 더 관대하니 내가 유리한 게임을 하고 있다는 논리였다. 듣고 보니 일리도 있었다. 그는 한숨을 쉬며 말을 이었다.

"내가 히치하이킹을 했다면? 어림도 없죠. 아시아 남자는 여기서 투명인간 취급당하기 십상이거든요. 여자라 좋겠네요. 얼마 전 아는 여동생이 사표 내고 산티아고 순례길로 떠났어요. 나도 여자였다면 당장 질렀을 겁니다. 하지만 남자라 그럴 수 없죠."

신선하다 못해 씁쓸했다. 늘 "여자라 위험하다"는 경고만 들다가, "남자라 불리하다"는 한탄은 처음이었다. 동시에 속이 꽉 막힌 듯 답답했다. '아니, 그렇게 간절하면 그냥 떠나면 될 일 아닌가? 왜 굳이 성별을 핑계로 삼지?'

나는 굳이 맞서고 싶진 않아 입을 다물었다. 이 짧은 만남으로 명확해졌다. 어떤 이들은 '여자라서' 못 한다고 하고, 어떤 이들은 '남자라서' 안 된다고 한다. 그들에게 성별은 핑계이자, 스스로를 옭아매는 족쇄였다.

위험은 인간의 기본값

여행 중 가장 많이 들은 질문은 단연 이거였다. "여자 혼자 위험하지 않아?" 이 질문의 빈도는 "너는 노스 코리아 김정은에 대해 어떻게 생각하니?"와 막상막하였다.

대답은 늘 같다. 당연히 위험하다. 익숙지 않은 곳은 누구에게나 위험하다. 이불 밖은 다 위험하다는 거, 우리 모두 알고 있지 않나? 우리는 흔히들 성범죄나 폭력이 여성만의 공포라고 착각한다. 하지만 길 위에서 만난 남자들의 이야기는 달랐다.

카우치서핑을 하던 한 프랑스 남자는 한밤중 남자 호스트가 침대로 기어 들어오려 해 기겁을 했다. 그는 쌍욕을 퍼붓고 새벽에 짐을 싸 도망쳤다. 그 뒤로 카우치서핑을 끊었다.

게이가 많기로 유명한 인도 남부의 한 도시. 건장한 체격의 남성 여행자가 하마터면 공중화장실에서 현지인에게 성폭력을 당할 뻔했다. 순식간에 벌어진 상황이라 저항조차 못 했는데, 다행히 다른 사람이 들어와 위기를 모면했다. 그는 지금도 화장실에 들어갈 때마다 공포에 시달린다고 했다.

러시아에서 히치하이킹을 하던 홍콩인 남성은 트럭 운전자가 자신의 허벅지에 슬그머니 손을 얹는 순간 얼어붙었다. 우락부락한 체격의 운전자 앞에서 어쩔 줄 몰라 하다가, 휴게소에 도착하자마자 뛰어내려 도망쳤다.

홀로 여행하는 남성들이 겪은 섬뜩한 경험담은 역설적으로 내 편견을 깨주었다. 위험은 성별의 문제가 아니라, 낯선 곳에 떨어진 약자가 겪는 '인간의 조건'이었다. 새로운 곳, 낯선 사람 앞에서 느끼던 팽팽한 긴장은 내가 여자여서가 아니라, 단지 인간이라 마주하는 보편적 두려움이었다. 그러니 '여자'라는 이유로 위축되거나 핑계를 댈 필요는 없다.

삶은 도전과 시행착오의 연속

여자 혼자 여행해?
아니 나 혼자 여행해

언젠가 내 두려움의 실체를 가만히 들여다본 적이 있었다. 사람들은 큰 목소리로 "여자 혼자라 위험해"라고 경고했지만, 정작 나를 떨게 한 건 현실이 아니라 그들의 전염된 공포였다. 벌어지지 않은 사건보다, 타인의 어둡고 불안한 감정이 나를 먼저 갉아 먹었다.

막상 새로운 곳에 발을 딛고 몸으로 부딪쳐보면 이야기는 달랐다. 위험하다던 곳은 의외로 멀쩡했고, 친절하다던 곳에서는 도리어 배척을 당했다. 나는 나를 걱정하는 이들의 두려움은 그들 몫으로 남겨 둔다. 참고는 하되 휘둘리지 않는다. 나 역시 내 경험을 절대화해 섣불리 남의 여정을 재단하지 않겠다.

같은 시기, 같은 장소라도 경험은 제각각이다. 미얀마에서 직원들의 친절에 감동해 친구에게 추천했던 숙소가, 며칠 뒤 친구에게는 '불친절의 끝판왕'이라며 당장 짐 싸서 나오고 싶은 곳이 되기도 했다. 누군가에겐 천국이 누군가에겐 지옥이 된다. 경험은 개인의 컨디션, 타이밍, 상황이 빚어낸 결과다. 거기서 '성별'은 수많은 변수 중 고작 하나일 뿐이다.

나는 내 방식대로 세상을 보고, 듣고, 생각하고, 느끼고 싶다. 여행도 마찬가지다. 여자라서 불리할 때도 있고, 반대로 유리할 때도 있다. 셈을 해보면 도긴개긴이다. 그러니 성별 뒤에 숨거나, 성별을 의식하며 스스로 한계를 긋지 않겠다.

하고 싶으면 하고, 할 수 있으면 하고, 해야 한다면 기어이 해낸다. 아니면 마는 거다. 오직 '나'로서 세상을 경험하고, '나'로서 길을 걷는다. 지금까지 그래왔듯 앞으로도 그럴 것이다.

그래서 이건 '여자 혼자'의 여행이 아니다. 언제나 '나 혼자' 떠나는 여행이다

II. 겪다_세계를

시베리아 횡단 열차, 괴팍한 승무원을 만났다
황금색 롤스로이스가 남긴 세 가지 울림
가난한 운전자와 히치하이커

시베리아 횡단 열차,
괴팍한 승무원을 만났다

드디어
시베리아 횡단 열차에 올랐다

겨울에 시베리아 횡단 열차를 타면 지평선 너머까지 눈이 덮여 세상이 하얗게 굳는다. 여름엔 끝도 없는 숲이 하늘에 닿을 듯 솟아오른다. 그런데 4월, 내가 떠나온 계절은 눈이 녹아 사라졌고, 초록은 아직 오지 않았다. 한국처럼 완연한 봄을 기대했건만 이곳은 계절이 비어 있었다. 가장 애매한 때에 여행길에 오른 셈이었다.

이번 여행의 출발지는 유라시아 대륙의 동쪽 끝, 블라디보스토크였다. 시베리아 횡단열차는 동쪽에서 서쪽까지 꼬박 7박 8일을 달린다. 통과하는 시간대만 여덟 개. 게다가 위아래로 지선이 촘촘히 뻗어 있어서, 러시아에서 '이동 좀 한다' 싶으면 2박 3일은 각오해야 했다. 노보시비르스크 대학에 다니던 친구는 집에 가려면 3박 4일이 걸린단다. 귀향은 연중행사처럼 일 년에 두 번이면 많은 편이었다.

오후 다섯 시, 텅 빈 채로 블라디보스토크를 출발한 열차는 정차할 때마다 승객을 하나둘 태웠다. 침대 선반 꼭대기에는 소련 시절부터 써왔을 법한 낡은 담요와 매트가 덩그러니 놓여 있었다. 사람들은 오르자마자 그것들을 끌어내려 승무원이 나눠 준 시트를 씌우고는 능숙하게 잠자리를 만들었다.

세계에서 가장 큰 나라에서
기차 타기

러시아 열차 칸은 여섯 종류로 나뉜다. 비행기 요금에 맞먹는 먀흐끼(부드러운 침대칸)부터 가장 저렴한 일반 좌석 옵쉬까지 다양하다. 나는 늘 개방형 구조의 침대칸 쁠라츠카르트를 이용했다. 혼자 여행하는 사람에게 더 안전한데다 푯값도 저렴했다. 그런데 이 객차의 진짜 매력은 따로 있었다. 우리 칸은 물론 옆칸, 옆 옆칸까지 사람들을 두루 만나고 지켜볼 수 있다는 것. 나에겐 러시아어 대화 연습이 필요했고, 무엇보다 현지인들이 어떻게 여행하는지가 궁금했다.

침대칸 벽에 기대고서 사람들을 관찰하는 재미가 쏠쏠했다. 승객들은 자리를 잡자마자 헐렁한 바지와 티셔츠 혹은 잠옷으로 갈아입은 뒤 외출복은 따로 챙겨온 옷걸이에 걸어두었다. 비닐에 돌돌 말아둔 슬리퍼로 갈아신는 순간 준비 완료. 마치 집에 온 듯 태연하고 편안했다. 가방에서는 닭만 안 나왔지 없는 게 없었다. 이내 실내화를 딸딸 끌며 뜨거운 물을 받으러 다니고, 금세 마음 맞는 사람을 찾아 함께 차를 마시며 수다를 떨었다.

특히 인상 깊은 건 노숙녀와 노신사 들의 매너였다. 그들은 기차에서 대개 조용히 지냈다. 가로세로 낱말 퀴즈가 실린 잡지를 잔뜩 들고 와 여행 내내 풀었고, 가끔 떠들썩한 대화가 오가면 심판처럼 한마디 끼어들었다. 우즈베키스탄에서 느꼈듯, 소련 시절 고등 교육을 받은 세대일수록 말씨와 태도에 교양이 배어 있었다.

기차에서의 시간은 생각보다 훨씬 길고 지루했다. 밥을 먹고, 낮잠을 자고, 책을 들여다봐도 시간은 더뎠다. 옆사람과 앞사람과 이야기를 나누어도 남는 게 시간이었다. 창 밖은 갈색과 회색뿐, 드물게 강이나 호수가 나타나야 눈이 번쩍 뜨였다. 어느덧 분홍빛 노을이 깔리고 태양은 마지막 힘을 쥐어짜듯 붉게 탔다. 기차는 밤에도 쉼 없이 달리며 사람을 내리고 또 태웠다. 전등이 켜질 때마다 한바탕 소란 이 일어나 숙면은 쉽지 않았다.

지루함마저 여행이 되는, 시베리아 횡단열차

50시간의 기차여행,
승무원을 잘못 만났다

러시아 열차는 바곤^(객차)마다 담당 승무원을 두었다. 대부분 여성이었고, 제복 차림으로 기차에 오르는 승객을 맞았다. 검표를 하고, 침대 시트를 나눠주고, 먹거리를 팔고, 청소와 민원까지 도맡았다. 무엇보다 놀라운 건 수십 명의 목적지를 모조리 기억했다가 도착 시간이 되면 어김없이 알려준다는 점이었다. 그 기억력은 볼 때마다 경이로웠다.

하바롭스크에서 울란우데까지 50시간 기차를 타던 날, 나는 하필 까다로운 승무원을 만났다. 금발에 체격이 큰 오십대 아주머니였다. 이유는 알 수 없지만, 그녀는 여행 내내 나를 따라다니며 참견을 일삼았다.

나는 약간 아주 약간의 결벽증 탓에 그동안은 기차 화장실 사용을 피해 왔는데 이번엔 달리 방도가 없었다. 버틸 만큼 버티다 마침내 용기를 내었다. 의외로 화장실은 깨끗했다. 문제는 사용법을 모른다는 거였다. 물 내림 버튼도 없고, 수도꼭지 쓰는 법도 알 수 없었다. 결국 승무원에게 사용법을 물어봤는데, 그게 화근이었다. 그녀는 여태 그것도 몰랐냐는 표정으로 소리를 높이며 사용법을 일러 주었다. 이게 시작이었다.

내가 뜨거운 물을 받으려고 일어서기만 해도 승무원은 어느새 곁에 와 있었다. 객차를 청소하다가도 내 앞에만 오면 커튼을 치라 마라, 창문을 닫아라 열어라, 신발을 이렇게 저렇게 놓으라며 끝없이 지시했다. 객차에서 외국인은 나뿐이라 무엇을 하든 눈에 띌 수밖에 없었다. 그녀의 잔소리는 사포질처럼 사람을 갈아댔다. 나는 점점 위축되다가, 슬슬 '나한테 왜 이러지' 하는 부아가 치밀었다.

기차는 종종 역에 20~30분씩 멈춰 섰다. 안내방송이 울리면 승객들은 탈옥을 감행하듯 우르르 밖으로 쏟아져 나갔다. 처음엔 왜 갑자기 뛰쳐나가는지, 기차는 왜 안 떠나는지, 언제 출발할지 몰라 그저 멀뚱히 앉아 기다렸다. 나는 곧 이게 일종의 휴식이라는 걸 알았다. 기차가 멈추면 역 주변 마을 사람들이 먹거리를 팔러 나왔고, 승객들은 밖으로 나가 담배를 피우거나 간단히 요기를 해결했다.

한참 달리던 기차에서 또 안내방송이 울렸다. 사람들의 움직임이 부산해졌고, 나도 다리를 풀 겸 플랫폼을 거닐어보고 싶었다. 신발을 찾아 신고 막 일어서자 승무원의 레이더망이 어김없이 작동했다.

"어디 가려고? 객차 번호 확인했어? 늦지 마. 늦으면 두고 간다!"

그녀는 다섯 살 꼬마 훈계하듯 다시 내 앞에서 잔소리를 퍼부었다. 참다못해 이번에는 나도 성질이 확 났다.

"돌아오든 말든 내가 알아서 할 테니 신경 끄세요!"

생각할 틈도 없이 쏘아붙이고 말았다. 내내 지켜보던 앞자리 아저씨가 나섰다. 승무원에게 "애한테 너무 뭐라 하지 마라"고 거들며, 내게는 "원래 성격이 무뚝뚝해서 그런 거니까 이해하라"고 달랬다.

버럭하고 났더니 속은 시원했다. 한편으론 기차가 정말 나를 두고 떠날까봐 불안했다. 플랫폼을 걸으면서도 계속 뒤돌아 객차 위치를 확인했다. 별로 걷지도 않았는데 기차는 왜 이리 긴 건지, 출발을 앞두고서 나는 허겁지겁 객차로 돌아왔다.

그 뒤로 승무원의 태도는 조금 누그러졌지만 여전히 못마땅한 눈치였다. 지루한 기차여행에 괴상한 승무원까지 겹치니 피로가 배가됐다. 나는 앞으로는 24시간 이상 기차를 타지 않겠다고 결심했다.

긴 여정 끝에 기차는 목적지에 닿아가고 있었다. 지리한 여행도, 이상한 승무원의 마수도 곧 끝날 터였다. 나는 얼른 내리고 싶어 서둘러 짐을 챙겼다.

도착이 임박하자, 그동안 나를 잡아먹을 듯 다그치던 승무원의 태도가 돌연 달라졌다. 그녀는 내게 와 다정한 목소리로 도착 시간을 일러 주었다. 빠뜨린 짐은 없는지, 침구류 반납은 잘 되었는지 꼼꼼히 챙겼다. 배낭을 짊어지고 문 앞에 섰을 때는 "몸 건강히 여행 잘 하라"는 인사와 함께 내 어깨를 살포시 감싸 안았다. 옅은 미소까지 보였다.

나는 그 반전에 어리둥절했다. 여행 내내 나를 몰아붙이던 태도도 알 수 없었지만, 마지막에 보인 다정함은 더더욱 해석할 길이 없었다. 내 상식으로는 이해할 수 없는, 얼음장처럼 친절하던 승무원과의 엔딩이었다.

우리가
굳이 웃어야 될까?

그 승무원을 이해하게 된 건 러시아 여행이 시작된 지 한 달이 훨씬 지난 뒤였다. 바이칼 호수 알혼 섬에서 만나 알게 된 친구 타냐를 통해서였다. 타냐는 오십 대 여성이자 전형적인 모스크바 시민이었다. 고등교육을 받은 게 분명한 도도한 태도, 차가운 금발 외모, 직설적인 말투, 좀처럼 변하지 않는 표정이 특징이었다.

시베리아 횡단여행을 마친 뒤 나는 모스크바에서 타냐의 집에 머물렀다. 그녀의 가족들과 지내며 현지 생활을 가까이 볼 수 있는 좋은 기회였다. 어느 날 타냐와 함께 차를 마시다, 나는 40여 일 동안 러시아를 여행하며 느낀 소회를 털어놓았다.

"러시아 사람들이 차갑다고들 하잖아요. 난 처음엔 몰랐는데 시간이 흐르니 무뚝뚝하단 게 느껴지더라고요. 특히 기차역이나 시장 같은 공공장소에서는 누구 하나 미소 짓거나 친절히 응대하는 사람이 없었어요."

그러자 타냐가 대답했다.

"왜 웃을 기분이 아닌데 웃어야 하지? 미국 애들처럼 늘 헤헤거리는 게 난 더 이상해. 사람은 웃고플 때 웃는 거야."

자본주의가 만들어 낸 의미 없는 미소를 단호히 거부하는, 전혀 다른 웃음관이었다.

문득 학창 시절, 인사동에서 뚝배기와 동동주를 정신없이 나르던 때가 떠올랐다. '오늘은 꼭 친절해야지' 다짐했지만, 손님이 몰리면 퉁명스런 대답이 튀어나왔다. 일 끝나고 경복궁 돌담길을 걸으며 여지없이 자책했다. 서비스업은 무조건 웃어야 한다고 믿던 시절이었다.

요즘은 편의점 직원이 불친절하단 이유로 불을 지르거나 흉기를 휘두르는 시대다. 전화 상담원이 퉁명스럽게만 말해도, 얼굴 한 번 본 적 없는 이에게 기분이 상한다. 친절하지 않으면 곧바로 무시당했다고 여긴다. 이런 식이라면 나의 기분과 가치를 좌우할 열쇠를 남의 손에 쥐여둔 셈이다. 반대로 다른 쪽에선 억지웃음을 짜내며 속을 갉아먹는다. 그렇게 우리는 표정의 노동을 한다.

"안녕하세요!"

"어머 안녕하세요! 잘 지내세요?"

"글쎄요. 지난주에 남편이 창문에서 떨어져 자살했어요."

"와우, 굿뉴스네요. 멋진 하루 되세요!"

상대의 말을 듣지 않고, 무심히 의례적 친절만 남발하는 풍경이다.

늘 친절한 척하는 게 좋은 걸까, 아니면 진심이 담긴 때때로의 친절이 더 나은 걸까? 해답은 상황마다 다르겠지만 하나만은 분명하다. 우리는 남에게 웃어 보이지 않을 권리, 친절하지 않아도 될 자유를 가진다. 불편한 기분을 억지로 감추거나 거짓 미소를 꾸미는 건 결국 스스로를 속이는 일이다. 자신은 속이고 남은 신경 쓰는 게 과연 바람직할까?

타냐와 함께하다 보면 그녀가 달맞이꽃처럼 환히 웃을 때가 있었다. 그럼 나는 자연스럽게 생각했다. '아, 지금 진짜 기분 좋은가 보네.' 그녀의 웃음은 의미가 분명했다. 그래서 더 귀했다.

불현듯 괴팍했던 그 시베리아 열차 승무원이 떠올랐다. 그땐 그녀가 왜 화가 났는지 몰라 일종의 인종차별인가 의심했다. 단지 그녀는 웃지 않았을 뿐이다. 평소에도 다른 승객에게 무뚝뚝하고 투박하게 말했다. 나에게 웃지 않으니 화가 난 거라 단정했고, 거친 말투에 꾸짖는다고 착각했던 거다. 비로소 작별할 때 그녀가 보인 태도가 이해됐다. 커다란 배낭을 짊어진 내 모습이 안쓰러웠거나 사흘간 함께 지낸 정도 있었겠다. 그녀의 잔소리는 "내가 너를 보고 있다, 챙기고 있다"는 다른 방식의 표현이었을지 모른다. 그녀의 친절은 웃지 않는 친절이었다. 생각이 여기에 미치자 퍼즐이 맞춰지는 기분이었다.

여행을 하다 보면, 당연하다고 여겼던 것들이 왜 당연해야 하는지 멈춰 묻게 된다. 러시아는 그래서 재미있는 나라였다. 공산주의 세대와 자본주의 세대가 동시에 살아가는 곳. 석 달 동안 러시아는 내 발걸음을 번번이 멈추게 만들었다.

타냐가 환히 웃을 때면 그 기쁨이 나에게까지 번졌다. 진
짜 웃는 게 맞는 웃음은 내 감정과 생각에 걸친 가식을 벗겨
내는 듯했다. 그래서 나는 그녀가 드물게 지어 보이는 웃음
을 유난히 좋아했다. 지금껏 본 어떤 웃음보다도 좋았다.

황금색 롤스로이스가 남긴
세 가지 울림

뮌헨에서 베를린까지,
히치하이킹이 가능할까?

8월, 햇살이 작정한 듯 내리쬐던 날 나는 뮌헨에서 베를린까지 600km를 히치하이킹으로 간다고 결심했다. 지금껏 시도한 여정 중 가장 긴 거리였다. 전날부터 긴장감에 잠을 설쳤다.

히치하이커 커뮤니티에서 베테랑들의 팁을 메모했고, 새벽부터 배를 채우고 채비를 마쳤다. 지하철을 타고 뮌헨 외곽으로 향했다. 드디어 아우토반 진입로를 찾았다. 히치하이커들이 '최적의 포인트'라 부르는 자리였다.

겨우 5분 지났을까. 검은 지프가 멈춰 섰다. 운전석엔 히치하이커가 좀처럼 만나기 힘든 여성 드라이버가 앉아 있었다. 독일 억양이 묻은 영어가 귀에 들어오자, 초반부터 운이 좋다고 느꼈다. 그녀는 몇십 분을 달려 첫 휴게소에 나를 내려주었다. 짧았지만 시작이 나쁘지 않았다. 하루가 잘 풀릴지도 모른다는 기대가 피어올랐다.

독일이 궁금하면 물어야지

두 번째로 차를 세운 건 50대로 보이는 말쑥한 인상의 구스타프 아저씨였다. 메르세데스 벤츠 본사에 근무한다며 명함을 내밀었다. 놀라운 건 그 역시 소싯적 길바닥을 떠돌던 히치하이커였다는 사실. 다정하고 조용한 말투에선 너그러운 성품이 묻어났고, 유창한 영어는 지적 풍모까지 더했다. 나는 이건 기회라며 주섬주섬 궁금증 보따리를 열어제꼈다.

"독일의 지역감정은 실제 어떤가요?"

"독일의 역사 교육은 일본과 뭐가 달라요?"

아저씨는 계속된 질문에도 온화한 미소로 진지하게 답

했다. 나는 더 파고들었다.

"민감한 주제지만 아저씨니까 묻는 건데… 독일에서 히틀러 농담은 정말 절대 금기인가요?"

순간 아저씨 얼굴이 붉게 달아올랐다.

"내가 아내한테 그런 농담을 했다? 당장 따귀를 맞을 거야."

우리는 동시에 웃음을 터뜨렸고, 분위기는 다시 부드러워졌다.

대화는 130km를 달려오는 내내 이어졌다. 헤어질 땐 나도, 아저씨도 아쉬웠다. 왕년의 히치하이커답게 그는 도로 상황을 읽더니 차들이 술술 빠져나가는 휴게소 출구, 최적의 포인트에 나를 딱 내려주었다. '여긴 눈 감고도 차를 잡겠다.' 본투비 히치하이커를 만나면 이렇게 술술 풀리는구나, 나는 새삼 고개를 끄덕였다.

빨간 토마토 스파게티냐,
황금색 롤스로이스냐?

지상에 발을 딛자 허기가 몰려왔다. 아직 점심으론 이르지만, 히치하이커는 먹을 수 있을 때 먹어둬야 한다. 그늘에 철퍼덕 앉아 '베를린'이라 쓴 사인카드를 바닥에 던져놓고 스파게티 도시락을 꺼냈다. 보기만 해도 군침이 돌았다.

그때였다. 전방 20m, 황금색 롤스로이스 한 대가 우아한 자태로 다가오고 있었다. 불길했다.

'안 돼, 서지 마! 스파게티, 스파게티 먹어야 돼. 지나가, 그냥 지나가!'

간절할수록 빗나가는 우주의 법칙은 여지없이 작동했다. 사인카드를 숨길 틈도 없이 차는 내 앞에 떡하니 멈춰 섰다.

창밖으로 야구캡을 쓴 40대 남자가 고개를 내밀었다.

"난 함부르크 가는데… 아, 너는 베를린? 같은 방향이네. 타고 갈래요?"

말투는 신사적이었고 영어는 유창했다. 함부르크라면 베를린보다 북쪽, 못해도 200~300km는 얻어 탈 수 있겠다. 스파게티는 단칼에 봉인되어 도로 가방으로 잽싸게 돌아갔다.

아저씨는 차를 유난히 아꼈다. 엔진에 무리가 가지 않도록 에어컨도 끄고 시속 80km로 기어갔다. 아우토반의 도로 흐름에 개의치 않는 속도였다. 창문으로 밀려든 뜨거운 공기에 졸음이 쏟아졌다. 바람을 이기려고 목청을 높이다 보니 금세 쉰목소리가 났다.

아저씨의 엔진 보호법은 여기서 끝이 아니었다. 엔진 과열을 피하려고 40분마다 정차였다. 나는 속으로 '차라리 스파게티를 먹을걸…' 뒤늦은 후회가 밀려왔다. 이마저 성에 안 찼던 아저씨는 언제든 차를 멈출 수 있도록 국도 진입을 선언했다. 아우토반을 벗어나면 다시 올라타기 힘들었다. 이제 속도는 더 느려졌다. 초조함이 발끝에서 치밀었지만 여기서 다른 차를 잡을 자신이 없었다. '그래, 언제 이런 프레스티지 차를 타보겠냐.' 나는 반쯤 체념하고 반쯤 스스로를 다독이며, 또 어느 이름 모를 휴게소 그늘에 주저앉아 이제나저제나 출발을 기다렸다.

황금색 롤스로이스의 차 내부는 널찍했고 단출했다. 클래식카의 품격에 어울리지 않는 GPS도 내비도 없이, 종이

지도책에 의존했다. 아저씨는 지도를 요리조리 돌려대는 게 읽는 데 어려움이 있어 보였다. 나는 구스타프 아저씨가 그리워졌다.

무거운 차는 주유도 잦았다. '우리 언제 가요?'라는 말이 목 끝까지 치밀었다. 주유소에 멈출 때면 사람들의 시선이 쏟아졌다. 엄지를 치켜세우거나 보란 듯 고개를 절레절레 흔들었는데, 모든 반응이 부담스럽고 부끄러웠다. 나는 되도록 차에서 멀찍이 떨어져 서 있었다. 내 마음을 눈치챘는지 아저씨가 말했다.

"한번은 친구가 묻더라고. '자네 이 차가 왜 필요한가?' 내가 그랬지. '필요하진 않아. 다만 원할 뿐이야.'"

그 말에 순간 머리가 멍해졌다. 내 인생의 기준은 언제나 효율과 실용이었다. 꽃은 먼지 쌓이는 예쁜 쓰레기였고, 선물은 모름지기 생필품이어야 했다. 내게 '필요'는 곧 '원함'과 동의어였다. 그런데 지금, 단지 원할 뿐이라고 했나?

그랬다. 나는 너무 오래 머리로만 살아왔다. 내가 진정 원하는 게 있기는 한 걸까 고민하던 찰나, 문득 지금 발을 딛고 있는 이 길이 보였다. 생각해보니 유라시아 대륙 횡단이야말로 내 인생에서 가장 비효율적인 선택이었다. 끝에 무엇이 남을지, 이 고생이 왜 필요한지도 모른 채 나는 길

위에 서 있었다. 머리가 아닌 가슴이 먼저 움직여버린 여정
이었다.

이 길은 어디로 흘러가 끝맺음할까. 지금의 무모한 시간
이 언젠가 삶의 어느 대목에서 의미가 되어 돌아올까. 끝내
이유를 찾지 못해도 어쩔 수 없다. 적어도 이번만큼은 '필
요해서'가 아니라, '원해서' 걷고 있으니까. 창밖의 바람을
맞으며 나는 조용히 첫 번째 화두에 잠겼다.

울림 둘.
네 인생의 경계 체험을 얘기해 봐

운전자 아저씨의 이름은 마이크. 미국 대학에서 심리학을
가르치다 함부르크 대학 프로젝트로 온 교수였다.

"독일은 미국에 비해 물가가 저렴해. 교육이나 의료 등
복지 수준도 높아 놀라운데, 그보다 더 놀라운 건 뭔지 아
니? 여기에 온갖 불평불만을 갖는 독일인들을 볼 때야."

미국인의 시각으로 본 독일의 시스템과 유럽의 전통 이
야기는 흥미로웠다. 연구 프로젝트 주제까지 이어가던 아
저씨는 문득 나를 돌아보며 물었다.

"그러는 넌, 왜 여기 있지?"

나는 발길 닿는 대로 돌아다니는 유라시아 여행과 현지인과의 만남을 이야기했다. 마이크는 다시 물었다.

"너에게 인생을 바꾼 경험, 변곡점이 있었니?"

사람에게는 긍정적이든 부정적이든 삶의 패러다임이 뒤집히는 경험이 있다. 삶의 울타리를 넘어서는 순간, 즉 자신만의 변곡점이 찾아온다. 익숙한 세계를 깨고 날것의 잠재력과 직면하는 이 경험은, 삶의 방향을 송두리째 바꿔놓을 만큼 강렬하다.

순간, 스무 살 여름이 떠올랐다. 고딩 단짝과 떠난 중국 실크로드 여행이었다. 외국인 티를 내면 안 된다는 가이드북의 경고를 믿고 우리는 지갑을 버렸고 애써 귓속말로 속삭였다. 정작 중국에서 마주친 건 멋들어진 빨간 장지갑에서 돈을 꺼내 아이스크림을 사준 아주머니, 기차에서 외국인을 환대하며 음식을 나누어 준 이들, 길바닥에 흘린 돈을 일깨워 준 노인들이었다. 그 여름 나는 두 가지를 배웠다. 나는 어디서든 살아남을 수 있다는 것과 세상은 직접 부딪쳐야만 알 수 있다는 것. 그것이 내 첫 변곡점이었다.

마이크는 고개를 끄덕였다.

"넌 세상이 궁금하지? 똑같은 경험을 했어도 너와 네 친구의 인생 경로가 다르듯, 사람마다 경험은 다르게 해석돼. 넌 네 가슴이 시키는 말을 끝까지 쫓을 용기가 있어. 멈추지 말고 네 포텐셜을 채워 가려무나."

콧등이 시큰거렸다. 길 위에서 '도대체 이게 다 무슨 짓인가' 수없이 흔들리던 내가, 오늘 처음 만난 낯선 이에게 가능성을 인정받았다. 그래, 지금은 내 포텐셜을 채우는 시간이다. 끝이 어디일지는 몰라도 계속 나아가야 한다.

울림 셋.
선의에도 실패는 깃든다

마이크는 처음엔 나를 별로 대화 상대로 여기지 않는 듯 무심하고 도도했지만, 내 끈질긴 질문에 입이 열렸다. 내내 말이 쏟아졌고 얼굴에는 즐거움이 번졌다. 베를린이 다가오자 그는 길을 틀어 가장 가까운 휴게소에 나를 내려주고 싶어 했다. 이윽고 아저씨는 환한 미소로 내 여행에 행운을 빌며 떠나갔다. 나는 황금색 롤스로이스가 사라질 때까지 손을 흔들었다.

롤스로이스와 함께한 장장 5시간의 결말은 뜻밖이었다.

알고 보니 도착한 휴게소는 베를린 진입로가 아니라 폴란드로 향하는 길목이었다. 텅 빈 주차장엔 하루 운행이 끝난 대형트럭만 보였다. 히치하이커 몇은 나타나기가 무섭게 폴란드행 차를 잡아타고 사라졌다. 나는 두 시간째 돌처럼 그 자리에 박혀 머물렀다.

해가 떨어지자 주차장은 칠흑 같은 어둠에 잠겼다. 아무리 시간이 흘러도 상황이 달라지지 않으리란 사실을 직시하자 정신이 아득해졌다. 마이크 아저씨가 원래 계획대로 내려줬다면 이러지 않았을 텐데. 그의 호의가 오히려 고립을 만들었다.

우리는 때로 누군가를 돕기 위해 시간과 정성을 기꺼이 쏟는다. 그러나 마음을 다했다고 해서 혹은 자신을 희생했다고 해서 결과까지 아름답지는 않다. 호의에도 실패는 깃들 수 있다. 결국 선의를 행할 땐 나에게 가장 좋은 지점이 상대에게도 가장 좋을 수 있다.

나는 어둠 속에 쭈그리고 앉아 다짐했다. 이 만남이 원망으로 남지 않게, 어떻게든 상황을 바꾸어야 한다. 당혹감과 좌절 대신 나아간다는 선택. 베를린으로 가야 한다. 도착해야 한다. 나는 길을 찾을 것이다.

질문을 남기고 사라진, 황금색 롤스로이스

가난한 운전자와
히치하이커

적도에서 증발한 열정

가구 이름으로 익숙한 보르네오 섬은 인도네시아에선 칼리만탄이라 불린다. 에콰도르(적도)가 스쳐 지나가는 도시 폰티아낙에 머물며 나는 값싸고 싱싱한 열대과일에 취해 뒹굴거렸다. 지구 한복판의 뜨거운 열기는 몸과 마음을 늘어지게 만들고, 여행 의지까지 바싹 말렸다. 그렇다고 적도 탓만 할 수도 없었다. 내가 널브러진 동안에도 두 명의 여행자는 저마다의 모험을 이어가고 있었다.

하루는 중국계 친구 에릭이 어이없어하며 사진 한 장을 보여주었다. 사진 속 주인공은 브라질 청년이었다. 며칠 전 오토바이로 칼리만탄을 횡단한다며 떠났는데 도중에 강도에게 뒤통수를 얻어맞고 기절했다. 오토바이와 배낭은 통째로 도둑맞았고, 그는 다행히 구조되었다. 사진 속 여행자는 머리에 붕대를 칭칭 감은 채 병상에 앉아 웃고 있었다. "에릭! 내가 안 죽은 건 천운이야!" 해맑은 메시지였다.

또 다른 여행자는 우크라이나 프리랜서 기자였다. 그녀의 배낭은 25kg이 넘었다. 액세서리를 짊어지고서 수시로 팔아가며 여행경비를 댔다. 나는 배낭 무게가 12kg만 넘어도 내던지고 싶었다. 그녀는 그 무게를 지고서 히치하이킹으로 꼬박 일주일 만에 섬을 가로질렀다. 강도가 잦다는 황량한 사막을 숙소 대신 현지인 집에서 얻어 자며 통과했단다. 그녀의 배짱 두둑한 무용담은, 방바닥을 짊어진 내 신세랑은 너무 대조적이었다.

히치하이킹, 여기선 안 통해

누울 자리를 보고 발을 뻗으라고 인도네시아, 아니 동남아 전반에 걸쳐 히치하이킹은 무모했다. 히치하이킹이란 개념 자체가 없기에 현지인들은 히치하이커를 버스에 밀어

넣거나, 제 발로 차에 탄 호구 취급했다. 차든 트럭이든 오토바이든 사람을 태우는 순간 택시로 변신하는 곳이니 낯선 이에게 응당 요금을 기대했다.

이런 이유들로 나는 애초에 동남아에선 히치하이킹을 고려하지 않았다. 그런데 누군가는 기어코 모험을 계속한다니 나의 피가 끓었다. 사실 버스나 비행기 여행은 순탄했지만 지루했다. 창밖 풍경도 잠시, 이내 졸고 시간만 때웠다. 나는 가출한 히치하이커의 열정을 불러들였다. 준비? 그런 건 없다. 때만 오면 길 위에 서기만 하면 된다.

팁 하나. 인도네시아에선 '히치하이킹'이란 단어를 못 알아듣는다. 대신 '눔팡(Numpang)'을 썼다. 얹혀 간다는 뜻으로 꼭 무임승차만은 아니다. 출발 전 운전자에게 "요금 안 받아도 되겠냐"고 확인해야, 내릴 때 얼굴 붉힐 일이 없다.

스콜을 힘겹게 헤치는, 낡은 트럭

히치하이킹이 없는 곳에서
히치하이킹

마침내 히치하이킹의 때가 도래했다. 목적지는 족자카르타에서 반둥까지 450km. 굳이 왜 이때냐, 이유를 꼽자면 히치를 말리는 사람이 그나마 적어서였다. 히치 얘기만 꺼내도 "미쳤다, 위험하다"는 잔소리가 쏟아졌다. 친구들은 대부분 보수적인 무슬림 여성들이었고, 나는 그들의 염려를 이해했다.

대형 주유소 앞에서 '눔팡, 반둥'이라고 쓴 종이를 들고 쭈뼛거리며 차들을 훑었다. 운전자들은 행여 눈이 마주칠까 고개를 돌렸다. 하긴 반둥까지는 멀고 부담스러운 길이었다. 한 시간, 두 시간, 해는 뜨겁게 치솟고 기다림은 끝이 없었다. 나는 지쳐 식당으로 들어갔다. 뭐가 잘 안 풀릴 땐 배부터 채워야 한다. 그래야 버틸 힘이 생긴다.

히치하이킹에 나의 모든 게 장애였지만 제일 큰 장애는 언어였다. 현지어를 못하는 데다 손짓발짓마저 서툴렀다. 큰일이구나 낙담하던 그때, 안경 낀 젊은 운전자가 눈에 번쩍 들어왔다. 4시간 기다림 끝에 체면 불문하고 돌진했다. "저기 저기, 조금이라도 좋으니 가는 데까지만 태워주실 수 있나요?" 다행히 그는 영어를 했고, 잠시 망설이더니 고개를 끄덕였다. 혹시 마음 바꿀까 싶어 나는 몸을 던지듯 차에 올라탔다.

10분 뒤, 운전자가 머뭇거린 이유를 알았다. 그의 목적지는 코앞이었고 나는 타자마자 내려야 했다. 허무했지만 첫 차를 잡았다는 사실만으로도 위안을 삼았다. 주유소 앞에 내린 나는 곧장 화장실로 달려갔다. 먹을 수 있을 때 먹고 비울 수 있을 때 비우는 일이 히치하이커에겐 세상 중요했다.

어쩐지 운수가 좋더라니

첫 히치에 성공하자 자신감이 쑥 올라왔다. 기념사진을 찍고 주유소 사장님과 이런저런 잡담을 나누는데, 노란 트럭 한 대가 스르르 멈췄다. 기사가 창밖으로 얼굴을 내밀어 "타라"는 손짓을 보냈다. 덧니 드러낸 순박한 웃음이 먼저 말을 걸었다. "반둥, 반둥!" 반둥이라니, 이 기회를 놓칠세라 잽싸게 달려가 트럭 문을 붙잡았다. 400km를 한 번에 간다니 아침에 까먹은 시간을 단박에 되찾는 기분이었다. "테리마카시!" 감격에 겨워 외쳤다. 아저씨는 영어를 몰랐고 나는 현지어를 몰랐지만, "하하 반둥?" "예, 반둥 하하하하!" 웃음으로 대화를 대신했다.

트럭은 느릿느릿 달렸다. 속도는 답답했지만 풍경은 좋았고, 날씨도 맑았고, 아저씨 마음씨도 좋아 보였다. 덩달아 기분도 밝아졌다. 그런데 20분쯤 달렸을까, 길가에서 사람들이 손을 흔들었다. 아저씨는 익숙하다는 듯 차를 세우더니 물건을 싣고 사람들까지 태웠다.

내가 앉은 조수석으로 아저씨 한 명과 소년이 끼어들었다. 짐과 배낭을 뒤로 밀어내고도 자리가 좁아 나는 의자 귀퉁이에 겨우 걸쳐 앉았다. 앞으로 손을 짚지 않았다면 그대로 미끄러졌을 것이다. 내가 괜히 아저씨의 비즈니스를 방해하는 건 아닌가 마음이 쓰였다. 아저씨는 특유의 덧니 웃음을 지으며 괜찮다고 고개를 끄덕였다.

손에 땀을 쥐는
빗속의 질주

얼마 달리지 않아 거짓말처럼 하늘이 터졌다. 스콜은 양동이로 퍼붓듯 도로를 단숨에 강으로 만들었다. 그런데 비가 쏟아지는 건 아무것도 아니었다. 진짜 문제는 트럭이었다. 와이퍼는 오래전에 수명을 다한 듯했다. 운전석 쪽은 멈췄고, 반대편은 부러져 덜컥댔다. 아저씨는 창밖으로 상반신을 내밀어 손으로 와이퍼를 저었지만 소용없었다. 트럭은 시속 30km 남짓으로 기어갔다. 한 치 앞도 보이지 않았다. 나의 등줄기를 따라 식은땀이 흘렀다.

트럭을 자세히 보니 와이퍼만 문제가 아니었다. 앞 유리엔 금이 가 있었고, 조수석 창문은 닫히지 않아 소년이 몸으로 빗물을 막아야 했다. 사이드미러는 반쪽만, 백미러는 흔적 없이 사라졌고, 계기판 덮개는 산산조각이었다. 이런 차가 아직 굴러가는 게 신기했다.

결국 아저씨는 도롯가에 트럭을 세웠다. 승객들은 비를 피해 달아났고, 아저씨는 바늘처럼 쏟아지는 빗속에서 와이퍼와 씨름했다. 나는 이만 떠나야겠다고 생각했다. 하지만 여기가 어디인지, 어떻게 길을 잡아야 할지 막막했다. 히치 성공의 성취감은 비와 함께 자취도 없이 씻겨 내려갔다. 잠시 후 아저씨는 출발 신호를 보냈다. 와이퍼는 보람도 없이 여전히 제멋대로였다. 여차하면 사고가 날 것 같아 마음이 조마조마했다. 달리 방법은 없었다. 그저 다시 트럭에 몸을 맡길 수밖에.

공짜가 아닌 눔팡

아까 트럭에서 내렸으면 어쩔 뻔했나 싶을 정도로, 비는 급속도로 잦아들었다. 안도감이 든 것도 잠깐이었다. 이번엔 다른 근심이 고개를 들었다. 이렇게 낡은 트럭을 모는 아저씨라면 경제 사정이 넉넉할 리 없었다. 중간에 점빵에서 허름한 점심을 때우던 모습이 떠올랐다. 공짜로 얻어 탄 게 괜히 미안해졌다. 생각해보니, 처음부터 돈 얘길 안 했다.

혹시 아저씨는 내가 돈을 낼 거라 기대했던 걸까.

잠시 후 트럭이 멈추었다. 동승객들이 짐과 함께 우르르 내리더니 운송비를 치렀다. 그 장면을 보니 더 불편해졌다. 히치하이킹을 모르는 문화니까 나도 돈을 내는 게 옳았다. 그렇다면 얼마를 줘야 하나? 생각이 꼬리를 물자 엉덩이가 숫제 가시방석이었다. 많이 주면 호구 같고, 적게 주면 쪽 팔렸다. 미리 버스비라도 알아놨더라면 좋았을 텐데. 이제 풍광 따위는 눈에 들어오지도 않았다. 나는 계산을 굴리느라 머리가 터질 지경이었다.

가난한 운전자의 품격

도로는 이미 어둠에 잠겼지만, 갈 길은 아직 멀었다. 반둥은 해발이 높은 도시라 트럭은 아까부터 겨우겨우 오르막을 기어올랐다. 여덟 시간을 넘게 달리자 피로가 몰려왔고 배도 고팠다. 위안이라면 반둥에 친구 레니가 기다린다는 사실 하나였다. 아저씨가 직접 레니와 통화까지 했으니, 그나마 마음이 놓였다.

마침내 사례금을 정했다. 너무 적으면 무례하고, 너무 많으면 외국인 호구다. 수십 번 머릿속으로 셈을 굴린 끝에 '이 정도면 되겠지' 싶은 돈을 챙겼다. 결정이 나자 마음이 한결 가벼워졌다.

노란 트럭은 어둠을 헤치며 묵묵히 달렸다. 한참이나 칠흑 같던 도로에 불빛이 하나둘 피어나더니, 집들이 모습을 드러냈다. 반둥이 가까워졌다. 장장 열한 시간 만에 이 낡은 트럭에서 벗어난다니, 트럭보다도 마음속 불편함과 곧 작별할 수 있다는 게 후련했다.

시내에 들어선 트럭은 쇼핑몰 주변을 빙글빙글 돌다 멈췄다. 길고 불편했던 하루가 드디어 끝났다. 내릴 채비를 마치고선 아저씨께 감사 인사를 건넸다. 금액이 적어 실망할까 걱정되었다. 나는 조심스레 주먹 안에 돈을 쥐고 내밀었다.

아저씨는 잠시 멈칫하더니, 손을 휙휙 내저었다. 넣어두라는 손사래였다. 나는 오히려 당황했다. 당연히 돈을 반길 거라 생각했고, 더 달라지만 않으면 다행이라 여겼는데, 아니었다. 아저씨는 끝까지 웃음을 잃지 않았다. 손짓으로 작별 인사를 대신하곤 노란 트럭과 함께 밤 속으로 사라졌다.

히치하이커의
가난한 마음

나는 멍하니 아저씨가 떠나간 길을 바라보며 서 있었다. 문제는 돈이 아니었다. 마음 한구석에 자라 있던 의심과 오만이었다. 낡은 트럭을 모는 사람은 당연히 대가를 바랄 거라 여겼다. 설령 아니어도, 주면 마다하지 않으리라 믿었다. 더 잘 사는 나라에서 왔으니 인색해 보이면 안 된다는 체면까지 덧씌웠다.

노란 트럭 아저씨는 달랐다. 비에 젖은 몸으로 하루종일 달리고도 끝까지 미소를 잃지 않았다. 아무 바라는 것 없이 낯선 외국인을 목적지까지 데려다주었다. 나는 주머니 속 돈을 만지작거렸다. 빈 것은 지갑이 아니라 마음이었다.

겉으론 '현지인과 어울려야지' 다짐했지만, 속으론 '저 사람은 가난하니 베풀 수 없겠지'하고 선을 그었다. 정작 음료수 하나 건넬 여유조차 없던 건 나였다. 처음 품었던 고마움은 어느새 사라졌다. 마음 한편엔 "가난하다, 더럽다, 위험하다"는 말들이 웅크리고 있었다. 길 위에 선 건, 자유인이 아니라 속물 히치하이커였다.

배낭을 멘 채, 한참을 그 자리에 서 있었다. 아저씨에게 내밀었던 손이 부끄러웠다. 정신이 아득할 만큼 부끄러웠다. 늦은 밤 반둥에는 부슬비가 내렸다. 내 부끄러움이 비처럼 우수수 떨어지는 것 같았다. 차마 우산을 꺼낼 수가 없었다. 우산은 무슨 우산이람. 마중 나온 친구가 내 이름을 부를 때까지, 나는 돌부처처럼 서서 그 비를 다 맞았다.

III. 통과하다_위기를

바이칼에서
지갑이 몽땅 사라졌다

양말 주머니가 사라졌다!

시베리아의 한복판, 바이칼에서 불어오는 바람은 5월에도 살을 에일만큼 차갑고 매서웠다. 잠을 자다가 한기에 눈이 번쩍 떠졌다. 발이 시려 수면양말을 꺼내려 배낭을 뒤졌다. 없다. 어라? 이쪽저쪽 모두 뒤졌지만 보이지 않았다. 손에 식은땀이 맺히며 등골이 서늘해졌다.

그 주머니는 단순한 양말 꾸러미가 아니었다. 반년 치 경비와 은행카드가 든 여행자금 파우치였다. 얼굴로 피가 쏠리며 잠이 확 달아났다. 랜턴을 몽땅 켜고 배낭을 거꾸로 털었다. 큰일이다. 없다-감쪽같이 사라졌다.

그간 현지 돈이 넉넉해서 파우치에 주의를 기울이지 않았다. 이제 수중에 남은 건 10만 원 남짓한 루블화뿐. 유로화도 카드도 통째로 증발했다. 억지로 평정심을 붙들었다. 이럴 때일수록 냉정해야 했다. '어디서 잃었지? 마지막으로 본 게 언제였지?' 머리를 쥐어뜯었지만 도무지 기억나지 않았다.

여행 시작 2주 만에 전 재산을 잃다니. 한국으로 돌아갈래도 비행기표조차 살 수 없었다. 생각해낸 대책이라곤 타냐 언니에게 돈을 빌려 모스크바로 가서 일하는 방법뿐이었다. 어쨌든 지금 당장 할 수 있는 일은 없었다. 이 고립된 섬에선 인터넷도 전화도 잘 터지지 않았다. 시계는 새벽 두 시 반. 눈을 감았다. 억지로 잠을 청했다.

어디서 잃은 걸까. 기억은 울란우데로, 이르쿠츠크로, 다시 처음 알혼섬에 도착하던 그날로 거슬러 올라갔다.

초심자의 마음을 들었다 놨던, 바이칼의 칼바람

아직 눈 덮인 바이칼 호수

아침 일찍 울란우데에서 기차에 올랐다. 한없이 이어지던 회색 풍경 끝에서, 마침내 거대한 얼음빛이 창밖으로 번졌다. 바이칼. 5월이 코앞인데 호수는 아직 얼음과 눈으로 꽁꽁 잠겨 있었다. '저걸 어떻게 건너지?' 새삼 마음이 철렁했다.

바이칼 호수 한가운데엔 알혼섬이 있다. 샤머니즘의 성

지로 꼽히는데, 특히 부르한 바위는 섬의 심장이라 불렸다. 지금도 샤먼들이 찾아와 의식을 올리고, 수많은 전설이 켜켜이 쌓였다. 일대가 한민족 기원지일지도 모른다는 옛 설(육당 최남선의 '불함문화론')도 남아 있다.

내가 이르쿠츠크에 간 이유는 단 하나, 바로 그 알혼섬을 만나기 위해서였다. 그런데 얼음에 갇힌 호수를 보니─과연 배가 뜰까? 계획의 첫 장부터 흔들리기 시작했다.

바이칼 알혼섬으로 간다

알혼행 미니버스 정류장은 허물어진 담벼락 옆, 진흙탕 공터였다. 사람들로 빼곡했고, 나는 간신히 자리를 비집고 앉았다. 짐은 지붕 위로 던져 올렸고, 승객들은 꾸깃꾸깃 접히듯 차 안에 들어찼다.

멀미 날 것 같은 상황에서, 평소엔 보지도 않던 러시아어 책을 굳이 펼쳐 들었다. 이해 안 되는 문장이 나오자 옆자리 아주머니 코 앞으로 책을 들이밀었다.

"이거 좀 여쭤봐도 될까요?"

차갑던 표정이 일순간 당황으로 흔들리더니, 곧 무뚝뚝

하지만 친절로 바뀌었다.

그 우연한 질문 하나가 행운을 데려왔다. 우리는 자연스레 말을 트고, 알혼섬 여행 내내 붙어 다니며 절친이 되었다. 그녀의 이름은 타냐. 모스크바에 사는 오십대 초반 여성이었고, 아들과 딸을 데리고 버킷리스트였던 바이칼을 보러 가는 길이었다.

언덕 위 교회 옆 세르게이네?

드디어 바이칼 호수에 닿았다. 다행히 작은 통통배가 얼음길을 뚫고 섬까지 운행 중이었다. 알혼에 오기 전, 혹시나 하는 마음에 카우치서핑을 뒤졌는데 놀랍게도 이 작은 섬에도 호스트가 있었다. 숙박 요청을 보내자마자 답이 번개처럼 돌아왔다.

"교회 언덕에 사는 세르게이를 찾으면 돼."

그때까지만 해도 나는 알혼섬이 손바닥만 한 줄 알았다. 더 묻지 않고 일단 좋아라 했다.

막상 배에서 내리니 선착장 주변은 휑했다. 건물은커녕 사람 그림자 하나 없었다. 알고 보니 알혼섬은 제주도의 절반 크기였다. 마을도 여러 개여서 차를 타고 이동해야 하는데 나는 어느 마을로 가야 할지부터 몰랐다. '세르게이네'라는 주소 아닌 주소를 들고 서 있는 나를 본 타냐 언니는 기가 막혀 고개를 절레절레 흔들었다.

그때였다. 같은 버스에 타고 있던 여학생 한 명이 나를 향해 손을 흔들었다.

"저 교회 옆 세르게이네 집이 우리 이웃이에요."

세르게이 말이 정말 맞았다! 그녀는 등장은 구세주 같았다. 버스에서 내리자마자 나는 무거운 배낭을 질질 끌며 그 여학생 뒤를 졸졸 따랐다. 놀랍게도 그 여학생의 가족은 타냐 언니가 묵을 숙소를 운영하고 있었다. 이쯤 되면 우연이 아니라, 길이 나를 안내하고 있었다.

알혼섬에서 카우치서핑

예수님 같은 수염을 한 세르게이가 나를 맞았다.

"어쭈, 잘 찾아왔구먼?"

내가 묵을 곳은 한창 마무리 공사 중인 새집이었다. 온기라곤 찾아볼 수 없었다. 전기도 수도도 없는데다, 내가 묵을 2층 방은 먼지투성이였다. 하지만 창밖으로는 바이칼 호수가 한눈에 들어왔다. 열악함을 잊게 하는 최고의 풍광이었다.

나는 빗자루로 바닥을 쓸고 매트리스를 깔았다. 그 넓은 공간이 온전히 내 차지가 되었다. 밖으로 나가 고양이 세수로 대충 몸을 추스른 뒤 밤하늘을 올려다봤다.

낭만이라기엔 손발 감각이 너무 빨리 사라졌다. 다시 서바이벌의 시간이 왔다. 후다닥 침낭 속으로 뛰어들어갔다. 차가운 공기 속에서도 내 온기는 금세 퍼졌다. 창밖엔 별빛이 흘렀고, 칼바람은 유리를 세차게 뒤흔들었다. 그 소리를 자장가 삼아 천천히 눈을 감았다. 알혼의 첫날밤은 평화로웠다. ―적어도 그때까지는.

의심은 빠르고, 믿음은 느리다

그 평화는 오래 가지 않았다. 새벽 두 시 반, 칼바람에 눈이 번쩍 떠졌다. 그때부터 악몽이 시작됐다. 억지로 잠을 청했지만 추위와 바람 소리에 수시로 잠을 깼다. 눈을 뜰 때마다 양말 주머니 생각이 따라붙었다. 마지막으로 본 게 언제였는지 도무지 기억나지 않았다. 확실한 건 하나, 닷새 전 울란우데였다. 창가에 놓인 양말 꾸러미를 보며 '이건 놓치면 끝장이다' 하고 배낭에 넣었던 기억. 그 뒤로는 거짓말처럼 기억이 없었다.

내가 흘린 게 아니라면 누군가 가져갔다. 그렇다기엔 양말 주머니만 쏙 사라졌다는 게 납득되지 않았다. 숙소에 배낭을 던져둔 채 다섯 시간이나 비워둔 건 내 잘못이었다. 타냐 언니와 밖을 쏘다닌 그 시간, 누구라도 들락거릴 수 있었다. 여긴 러시아였다. 전 재산이 든 배낭을 덜렁 놓고 나간 사람은 나 하나뿐일 거다.

의심이 자라는 밤

밤새 양말 주머니의 행방을 추리하다 보니 용의자가 셋으로 좁혀졌다. 낮에 만난 우즈베크 사촌형제들, 수염 덥수룩한 집주인 세르게이, 그리고 이르쿠츠크의 올레샤 가족.

공사를 맡은 우즈베크 형제들은 나를 마치 고향 사람이라도 만난 듯 반갑게 맞았다. 그들은 내가 배낭을 내버려둔 걸 누구보다 잘 알았다. 마침 새 핸드폰이 필요하다고 하지 않았나? 집 주인 세르게이 역시 언제든 2층을 오를 수 있었다. 배낭에서 삐져나온 양말 주머니를 봤을지도 모른다. 마지막으로 올레샤네 집에서도 사정은 같았다. 내가 도심을 쏘다니는 동안 배낭은 소파 옆에 덩그러니 있었다. 누구라도 손댈 수 있었다.

믿음의 첫 연습

아침이 밝았지만 방 안은 여전히 냉골이었다. 밤새 양말 주머니 생각에 잠을 설쳤지만 피곤을 느낄 여유가 없었다. 머릿속이 불신으로 가득했다. 우즈베크 형제, 세르게이, 올레샤… 한 번 의심이 틈을 내자, 만났던 모든 얼굴이 수상해 보였다. 버스기사, 타냐 언니, 어린 학생들까지. 호의를 베푼 얼굴 위로 수상한 그림자가 겹쳤다.

해가 떠오른 바이칼 언덕에 서자 정신이 번쩍 들었다. 이 사달의 원인은 결국 나였다. 잃은 것도, 지키지 못한 것도 내 몫이었다. 근거 없이 남을 의심하는 건 두 번째 잘못이었다. 전 재산을 잃은 일보다 더 괴로운 건 의심하는 그 마음이었다.

바다처럼 넓은 호수를 바라보며 결심했다.

'의심하지 않겠다.'

무엇을 잃든, 사람을 의심하는 일은 가뜩이나 가난한 내 마음을 더 가난하게 만든다. 미심쩍다면 묻고, 설명을 들으면 된다. 결심과 함께 마음이 맑아졌다. 누구를 만나도 당당히 마주할 수 있을 것 같았다.

아침을 먹으며 타냐 언니의 휴대폰을 빌렸다. 이르쿠츠크와 울란우데 숙소 주인들에게 '양말 주머니'를 찾아봐 달라고 연락했다. 곧 올레샤의 회신이 왔다. "찾아봐도 없다." 이제 남은 희망은 울란우데였다. 주인은 퇴근 후 내가 묵던 아파트를 확인하겠다고 했다.

기적은 믿음의 속도로 온다

양말 걱정은 미뤘다. 전 재산의 절반을 털어 알혼섬 투어부터 나섰다. 어차피 모스크바행 비행기표도 살 돈이 없었다. 호보이곶에 이르자 5월에도 함박눈이 쏟아졌다. 눈발에 파묻혀서 나는 깔깔 웃었다.

"오늘만 살라구요."

타냐 언니는 어이없다는 듯 고개를 저었다.

저녁에 돌아온 타냐 언니의 숙소는 천국이었다. 따뜻한 공기에 몸이 녹아들 무렵, 타냐 언니의 휴대폰이 울렸다. 울란우데 숙소 주인이었다.

"퇴근해 집에 왔는데, 네 양말 가방이 부엌에 있네. 지금 폴란드 여학생 둘이 묵고 있는데 내일 알혼으로 갈 거래. 그 편에 부쳐줄게."

기적이었다. 가장 기대하지 않았던 곳에서 양말 주머니가 나타났다. 배낭에 넣었다고 확신했는데, 인간의 기억이란 허술하기 짝이 없었다. 일이 너무 쉽게 풀려 어안이 벙벙했다. 좀처럼 웃지 않던 타냐 언니가 함박웃음을 짓자 내 몸의 긴장도 스르르 풀렸다.

우연의 연쇄

모든 게 절묘하게 맞물렸다. 평소 손님이 거의 없던 숙소에, 내가 떠난 직후 손님이 들었다. 그들은 양말 주머니를 열어보지 않았고, 다음 행선지가 알혼섬이었다. 믿기 어려운 행운이 구름처럼 몰려왔다.

먹구름 같던 하루가 화창하게 개었다. 나는 다시 다짐했다. 근거 없는 의심은 두 번 다시 품지 않겠다. 그때 내가 누군가를 진심으로 의심했다면, 주머니가 돌아와도 또 다른 괴로움에 시달렸을 것이다. 의심은 빠르고 달콤하지만, 결국 마음을 얼어붙게 한다. 믿음은 느리고 불안하지만, 끝내 길을 열어준다.

길이 가르쳐준 것

알혼섬에서 내가 얻은 가장 값진 무기는 사람을 믿어보려는 용기였다. 되찾은 건 돈이 아니라 믿음이었다. 사람을 믿는다는 건 순진함이 아니라, 거대한 유라시아 대륙을 건너기 위한 첫 번째 생존 규칙이었다.

이제는 기다리기만 하면 되었다. 타냐 언니가 나를 대신해 폴란드 친구들에게 문자를 보냈다.

"알혼섬으로 오면 교회 언덕 위 세르게이를 찾아. 단, 후지르 마을로 와야 해!"

유럽 자전거캠핑
노숙의 맛

달리고, 눕고 다시 달린다, 자전거로 건넌 유럽의 풍경

한여름 석 달간의
유럽 자전거캠핑

기차나 버스를 타고 유명 관광지만 콕콕 찍고 다니는 여행은 내 성미에 안 맞았다. 화려한 광장이나 대성당은 지겹도록 봤다. 내가 진짜 보고 싶은 건 지도에도 안 나오는 시골 마을의 흙냄새, 저녁 어스름 피어오르는 연기, 골목 구석구석에 박힌 진짜 삶의 표정들이었다.

그러려면 내 발이 필요했다. 독일의 중고 마켓에서 50유로(약 7만 원)를 주고 낡은 자전거 한 대를 샀다. 전문 투어용이 아닌, 장보러 갈 때나 쓰는 일명 '마실용' 자전거였다. 하지만 그 고물 자전거 안장에 앉는 순간, 나는 노선도 시간표도 없는 진짜 자유를 얻었다.

그렇게 시작된 한여름의 유라시아 로드 무비는 독일에서 벨기에, 프랑스를 거쳐 스위스까지 석 달간 이어졌다. 하루 평균 100km, 12시간 이상 페달을 밟으며 유럽의 혈관 같은 시골길을 후벼 팠다. 자전거 안장 위에서 내 몸엔 단단한 허벅지 근육이, 가슴엔 선명한 풍경이 새겨졌다. 버스나 기차 차창 밖으로는 절대 볼 수 없었던 유럽의 맨얼굴이었다.

유럽의 여름은 지독하게 낮이 길었다. 새벽 네 시면 동이 트고, 밤 열 시가 넘어서야 어둠이 깔렸다. 폭염 속 아스팔트는 절절 끓었고, 물을 들이켜도 갈증은 끝이 없었다.

잠자리는 매일 밤 치르는 미션이었다. 이름 모를 길을 달리다가 사방이 어둑해지면 도둑고양이처럼 사람들 눈을 피해 텐트를 쳤다. 그마저 마땅치 않으면 침낭 하나 뒤집어 쓰고 별빛 아래 누웠다. 버스정류장, 놀이터, 오두막, 벤치… 등만 댈 수 있다면 그곳이 곧 안식처였다.

유럽의 여름밤은 어느 하루도 그냥 지나가는 법이 없었다. 나에게 노숙은 불안이 아니라, 흙먼지 뒤집어쓰며 온몸으로 하루를 살아낸 자가 누리는 가장 정직한 휴식이었다.

생존의 맛, 공동묘지의 생명수

프랑스 남부의 태양은 살인적이었다. 역시나 폭염주의보가 내렸단다. 와이너리의 포도가 한껏 달게 익어갈수록, 내 물병은 하나둘 텅 비어갔다. 마트 하나 없는 시골길에서 갈증은 조급함을 일으켰다.

지도를 들여다보다가 인근에 음수대 표시를 발견했다. 프랑스도 다른 유럽처럼 석회수가 흔하지만, 공공 음수대에서는 식수용으로 관리된 물을 공급한다. 음수대까지는 대략 한 시간, 한 시간만 버티면 물을 채울 수 있다. 나는 온 몸의 수분을 쥐어짜는 힘으로 또다시 페달을 밟아댔다.

도착한 곳은 뜻밖에도 공동묘지였다. 묘지 안의 음수대라니 꺼림칙했지만 언제 다시 물을 만날지 몰랐다. 목이 타들어 가는데 귀신이 대수랴.

녹슨 철문을 밀고 삐걱거리는 좁고 가파른 계단을 내려갔다. 낡은 화장실 앞에 덩그러니 음수대가 있었다. 수도꼭지를 비틀자 콸콸, 투명한 물줄기가 쏟아졌다. 땀과 먼지에 젖은 얼굴부터 싹싹 씻어냈다. 찬물이 닿자 정신이 번쩍 들었다. 곧장 양손으로 물을 퍼 올려 벌컥벌컥 들이켰다. 달고도 시원한 물이 식도를 타고 내려가자 쪼그라들었던 온몸의 세포가 깨어났다.

나는 빈 물통을 죄다 가져다 가득가득 채웠다. 떠나는 길엔 화장실에 비치된 두루마리 휴지 하나도 슬쩍 챙겼다. 죽은 자들의 인심이 꽤나 후했다.

그 뒤로 물통이 빌 즈음이면 어김없이 음수대를 찾아갔다. 인적 드문 곳에서는 세수도 하고 머리도 감았다. 배가 터지도록 물을 마시며 잠시 숨을 고르며 쉬어갔다. 그곳이 공원이든 마을 어귀든 공동묘지든 상관없었다. 원효대사의 해골물처럼, 마음 하나만 바꾸면 어떤 곳도 곧 삶을 이어가는 오아시스로 변신했다.

시련의 맛,
제네바에서 쫓겨난 밤

스위스 제네바에 들어설 무렵, 자전거 뒷바퀴가 위태로웠다. 급하게 멈춰 살펴보니 타이어고무가 난도질당한 것처럼 찢어져 터지기 일보 직전이었다. 동네 마실용 자전거로 프랑스와 스위스 국경의 산악길을 넘은 대가였다.

이럴 때 하필 살인적인 물가의 스위스라니. 타이어 교체비가 자전거값보다 비쌌다. 차라리 이쯤에서 자전거를 버리는 게 이득일 판이었다.

다행히 수소문 끝에 중고 전문 타이어 수리점을 발견했다. 자비로운 점원은 가장 상태 좋은 타이어를 골라 주더니, 튜브까지 공짜로 갈아 주었다. 한숨 돌렸다. 이제 오늘 밤 묵을 곳만 찾으면 됐다.

UN·WTO·WHO 본부가 줄지어 선 거리를 헤매고 다녔다. 세계 평화와 인권을 논하는 저 으리으리한 건물들 사이에 가난한 여행자의 몸뚱이 따위 하나 뉘일 공간이 없었다.

한참 만에야 입구가 열린 잔디구장을 발견했다. 나는 본부석 너른 벤치를 찾아 침낭을 꺼내 들어가 누웠다. 누울 수만 있다면 그곳이 침대였다.

얼마나 잤을까. 눈부신 서치라이트가 나를 비췄다. 야간 경비였다. 어쩔 수 없이 비몽사몽 짐을 챙기려 고개를 숙이는데, 목덜미에 벼락같은 통증이 꽂혔다. 몇 주 전 바닥이 촉촉이 젖은 숲 바닥에서 야영한 뒤로 시작된 통증이었다. 이제는 목이 뻣뻣하게 굳어 돌아가지조차 않았다. 굼벵이처럼 느린 몸짓으로 겨우 짐을 들어올렸다.

억지로 자전거를 끌고서 구장 밖으로 나서자마자 길가에 주저앉았다. 서러움보다 통증이 먼저 터져 나왔다. 눈물이 핑 돌 만큼 아팠다.

새벽 2시 반, 나는 어디로 가야 하나? 화려한 제네바의 조명 아래, 갈 곳 없는 나는 어둠 속에 덩그러니 남겨졌다. 통증은 깊어가고 한 발 떼기도 힘든 밤, 평화의 도시 한복판에서 내 앞은 끝없는 어둠뿐이었다.

스위스 베른에 머물면서도 융프라우를 관광할 생각이 추호도 없었다. 티켓은 터무니없이 비쌌고, 사시사철 한국인 관광객들로 붐빈다니 굳이 나까지 거들 필요가 없었다. 하지만 베른 토박이 친구 브로니가 등을 떠밀었다. "거긴 꼭 가봐야 해." 지혜롭고 단단한 영혼을 가진 그녀의 추천이라면 새겨야 했다.

짐은 브로니에게 맡기고 침낭 하나만 챙겨 자전거로 인터라켄으로 향했다. 강변 오솔길을 달리며 그림 같은 풍경을 만끽하고 싶었지만, 현실은 자갈밭이었다. 덜컹거릴 때마다 온몸이 들썩이더니 머지않아 뒷바퀴가 퍼졌다. 갈 길은 멀고 날은 뜨거운데 상황이 자꾸만 꼬여갔다.

가까스로 비포장길을 벗어나 자전거 수리점을 찾았다. 다행히 펑크는 아니란다. 안도감도 잠시, 이미 해가 기울고 있어 서둘러 다시 도로로 나섰다. 인터라켄으로 향하는 산기슭을 지나는데 도로폭이 점차 좁아지더니 이내 갓길이 사라졌다. 가로등도 없는 길을 달리자니 등 뒤로 식은땀이 흘렀다. 설상가상으로 뒷바퀴는 또다시 호떡처럼 납작해져 있었다. "젠장, 제네바에서 버렸어야 했어!" 뒤늦은 후회가 밀려왔지만 늦었다. 이대로라면 자정이 넘어야 목적지에 다다를 터였다.

안장에서 내려 자전거를 끌고서 터덜터덜 걷는데 구세주처럼 봉고차 한 대가 멈춰 섰다. 인터라켄으로 가는 청년이었다. 역시 죽으란 법은 없었다.

인터라켄에 도착하자마자 자전거는 대충 던져두고 아기자기한 시내를 한 바퀴 휘 돌며 구경했다. 마침 강가 산책로에서 벤치 하나가 눈에 띄었다. 오늘의 숙소는 여기다! 배낭을 베개 삼아 눕고 침낭 지퍼를 머리끝까지 당겼다. 산책하는 사람들의 인기척이 이따금 들렸지만 알 게 뭔가. 나는 태평하게 잠을 청했다.

어깨 너머로 만년설 덮인 융프라우가 하얗게 빛나고, 머리 위로는 별빛이 쏟아졌다. 인터라켄의 어떤 5성급 호텔도 이런 천장은 가질 순 없을 거다. 불편함? 안식은 어디 있느냐가 아니라, 받아들이는 마음에서 온다는 걸 다시 한 번 몸으로 배웠다. 그 밤, 나는 공짜 벤치 위에서 융프라우의 별을 이불 삼아 깊은 잠에 빠져들었다.

국경에서 사라진
시간과 기억

이 모든 시작

북유럽의 여름이 절정에 달했다. 나는 독일 최대 항구도시 함부르크에서 닷새째 머물고 있었다. 한낮의 강한 햇볕에 오래 노출된 탓인지, 아니면 영양 부족과 피로가 겹친 탓인지 모르겠지만 몸에 기운이 빠져 시름시름 앓았다. 출발이 며칠씩 미뤄지면서 일정도 꼬였다.

원래는 덴마크의 오덴세에서 하루 묵으려 했으나, 곧장 수도 코펜하겐으로 이동키로 했다. 470km가 넘는 거리라 다소 무리긴 했다. 컨디션이 완전치 않았지만 더는 누워 있을 수 없었다. 석 달 동안 그래왔듯 이동 수단은 히치하이킹이었다.

몸을 추스르고 짐을 꾸렸다. 빠뜨린 게 없는지 확인하고 숙소를 나서려던 순간, 거울 속 내 모습이 눈에 들어왔다. 앞머리가 유난히 길게 자라 있었다. 그냥 두기엔 거슬렸다. 배낭을 풀어 가위를 찾아 머리카락을 잘랐다. 잘라낸 머리카락은 휴지에 싸서 변기에 흘려보냈다. 굳이 그럴 필요는 없었는데 그날따라 이상하게 그렇게 했다.

어릴 적 할머니는 늘 이르셨다. 손톱 하나를 깎아도 뒷정리를 소홀히 말고, 머리카락은 더 조심해야 한다고. 나는 미신이나 징크스를 믿는 편이 아니었다. 그러나 이해할 수 없는 일이 한꺼번에 닥치면, 사람은 이유를 찾게 된다. 그날의 모든 사단이 바로 이 사소한 행동에서 비롯된 건 아닐까.

코펜하겐으로 향한 그 하루는 뜻밖의 사고와 혼란으로 이어졌다. 그날 밤, 낯선 숙소 침대에 누워 하루를 곱씹었다. 대체 무엇이 잘못된 건지, 어디서부터 꼬였는지 이유를 찾아 헤맸다.

불길한 트럭

함부르크 외곽으로 향하는 지하철 안에서 문득 손목이 허전했다. 시계가 사라졌다. 줄이 너덜너덜해 로마 소매치기조차 외면한 시계였지만, 고장난 휴대폰을 대신해 내 시간을 지켜준 동반자였다. 시작부터 불안했다.

히치하이킹은 좀처럼 풀리지 않았다. 얻어 탄 차들은 시속 10km, 20km 찔끔 달리다 도로 한쪽 쉼터에 나를 내려놓았다. 휴게소도 아닌 그곳은 차가 드물었고, 운전자들의 시선엔 묘한 경계심이 섞여 있었다.

30분쯤 발만 동동 구르는데 트랙터 트럭 한 대가 멈췄다. 운전석에서 중년 남자가 고개를 내밀었다.

"덴마크 국경까지 가는데 탈래요?"

첫눈에도 어수룩해 보였다. 기분이 찜찜했지만, 기다림에 지친 나는 결국 올라탔다. 혹시 몰라 트럭과 운전자의 얼굴을 사진으로 남겼다. 석 달간 이어진 히치하이킹에서 몸에 밴 습관이었다.

운전자는 폴란드인이었다. 영어는 더듬거렸고, 대화는 통하기보다 머리만 아프게 했다. 나는 창가에 붙어 앉아 아이패드로 위치를 확인했다. 그때 운전자가 내 얼굴을 빤히

보더니 자신의 태블릿 기기를 꺼내 내밀었다.

"싸구려지만 성능은 끝내줘요."

중국산 태블릿이었다. 운전자의 의도가 뭔지 몰라 나는 살펴보는 척했다.

운전자가 갑자기 휴게소에 차를 세웠다. 국경은 아직 멀었다.

"여기서 내려요, 어서!"

뜻밖이었다. 출발한 지 얼마나 됐다고 벌써 끝이라니. 하지만 지루한 대화를 견디던 참이라, 대수롭지 않게 짐을 챙겨 보조석에서 뛰어내렸다. "감사…" 인사를 다 하기도 전에 운전자는 문을 닫고 쌩하니 달아났다. 황당한 뒷모습만 남았다.

사건 하나:
기억을 잃다

다시 길 위로 나섰다. 십 분쯤 걸었을까, 그제야 보조가방이 비어 있음을 깨달았다. 아이패드가 없었다. 허겁지겁 배낭을 풀어 짐을 바닥에 쏟아냈다. 두 번, 세 번 뒤져도 없었다. 아까 트럭에서 흘린 게 틀림없었다. 운전자가 그걸 눈치채고 급히 달아났다는 직감이 왔다. 일순간 머리가 하얘졌다. 아이패드 안에는 여행의 모든 게 들어 있었다. 메모, 금전출납부, 연락처, 일기, 사진, GPS 지도. 그간의 여행 기록이 몽땅 사라지고 말았다.

나는 짐을 다시 쑤셔 넣고 휴게소 매점으로 뛰어들었다. 매니저에게 사정을 설명하고 CCTV를 보여 달라 했다. 그러나 각도가 묘하게 빗나가 있었다. 화면에는 트럭 그림자조차 잡히지 않았다. 경찰에 신고해도 차량 번호가 없어 추적은 불가능했다. 내가 찍은 차량 사진은 아이패드 안에 있었다. 모든 단서가 함께 사라졌다. 매니저는 "혹시 누군가 맡겨오면 연락해주겠다"며 내 어깨를 두드렸다. 나는 메일 주소와 전화번호를 남기고 빈손으로 나올 수 밖에 없었다.

단순한 분실이 아니었다. 과거를 잃은 기분이었다. 어디쯤 서 있는지도 감이 안 잡혔다. 앞날을 생각하니 막막함이 몸을 짓눌렀다. 손목시계마저 없는 지금, 시간을 읽을 수도, 미래를 가늠할 수도 없었다.

휴게소 바닥에 주저앉았다. 이젠 사람들과 연락할 방법도 끊겼다. 비행기표, 숙소 예약조차 감당할 길이 없었다.

하필 물가 비싸기로 악명 높은 스칸디나비아 땅으로 들어
서려는 길목이었다.

사건 둘:
고속도로 횡단하기

몇 차례 단거리 히치하이킹을 거친 끝에 덴마크 국경 인근
에서 점잖은 중년 신사의 차를 얻어 탔다. 와이셔츠 차림,
반백의 머리, 안경까지—지적인 인상이었다. 이번엔 믿을
만하겠지 싶었다.

그러나 대화가 길어질수록 불안이 피어올랐다. 그는 독
일인도 덴마크인도 아닌 터키 이민자였다. 영어는 단어를
이어붙이는 수준이었고, 흥분하면 같은 말을 몇 번이고 반
복했다.

"코레안? 현대차! 베리 굿, 베리 굿! 메르세데스 굿, 비엠
더블유 굿! 버트, 현대차도 베리 굿!"

어린아이 같은 흥분이 금세 피로를 유발시켰다.

국경 직전, 그는 거대한 쇼핑몰 앞에 차를 세웠다. 물가
저렴한 독일에서 물건을 가득 사 덴마크로 가져가려는 듯,

긴 쇼핑 목록을 꺼내 들었다. 콜라를 들었다 놨다, 주스를 들었다 놨다. 마음은 급하고 내 등에서 식은땀을 흘렸다.

드디어 쇼핑이 끝나고 덴마크 국경을 넘었다. 그런데 얼마 가지 않아 그는 갓길에 차를 세웠다. 고속도로 한복판이었다. 나는 다급히 만류했다.

"아저씨! 여긴 위험해요, 조금 더 가주세요."

그는 고개를 끄덕이며 다시 출발했다. 잠시 안도했지만 십 분도 채 지나지 않아 또 속도를 줄였다. 머리 위로 초록색 표지판이 스쳐 갔다. 바로 고속도로 분기점에다 차를 세운 것이다.

"여기서 내려요, 얼른!"

나는 배낭을 던지듯 보조석에서 뛰어내렸다. 그는 그대로 달려갔다.

정신을 차려보니 나는 5차선 고속도로 분기점에 홀로 서 있었다. 선택은 둘이나 되었다. 왼쪽으로 건너거나, 오른쪽으로 건너거나. 차들이 총알처럼 달려들었다. 다리가 굳어 한동안 발이 떨어지지 않았다.

잠시 후, 우측 차로에 빈틈이 생겼다. 더 생각할 겨를도 없었다. 나는 온힘을 다해 달렸다. 넘어지면 끝이었다. 찰나가 백 년처럼 길었다. 건넌 자리로 차들이 곧바로 밀려들었다.

횡단에는 성공했지만 심장은 미친 듯 뛰었다. 한참을 멍하니 서 있었다. 경적이 쏟아졌고, 차들은 나를 비웃듯 지나쳤다. 가까스로 정신을 가다듬었다. 얼마나 더 가야 코펜하겐에 닿을지 몰랐지만, 어쨌든 앞으로 가야 했다.

그때였다. 불시에 경찰차가 내 앞에 멈춰 섰다. CCTV에 찍혔던 건지, 누군가가 신고한 건지 알 수 없었다. 오늘 제대로 걸렸구나 싶었다.

사건 셋:
경찰차 히치하이킹

갓길에 정차한 경찰차에서 앳된 얼굴의 경찰이 내렸다. 그는 고압적인 태도로 여권을 요구했다. 나는 여권을 내밀며 다급히 사정을 설명했다.

"한국인입니다. 히치하이킹 중인데 운전자가 고속도로 한복판에 내려주는 바람에…."

경찰은 여권을 꼼꼼히 살펴본 뒤 딱딱하게 말했다.

"고속도로에 서 있는 게 불법인 거 알죠? 곧 순찰대가 태우러 올 겁니다. 벌금이 부과될 겁니다.”

벌금이라는 말에 귀가 번쩍 뜨였다. 다행히 이들은 순찰대가 아니었다. 순찰대에 잡히면 조사·벌금이 한꺼번에 닥칠 게 뻔했다. 나는 경찰에게 매달리듯 말했다.

“불법인 거 알아요. 죄송해요. 하지만 내가 세운 게 아니에요. 여긴 너무 위험하잖아요. 고속도로만 벗어나게 태워주세요. 플리즈.”

경찰 둘은 잠시 상의하더니 나에게 앞자리 보조석을 내주었다. 속으로 환호성이 터졌다. 벌금도 피하고, 무엇보다 위험한 고속도로를 벗어날 수 있었다.

차가 출발하자 긴장이 풀리며 내부가 눈에 들어왔다. 뒷좌석에는 수갑 찬 남성 피의자가 앉아 있었다. 치렁한 금발에 듬성듬성한 머리숱, 민소매 조끼 차림. 50~60대쯤 돼 보이는 그 남자는 내 얼굴을 보자 고개를 절레절레 흔들었다. 범죄자의 눈에도 나는 대책 없는 신세였다. 나는 모른 척 고개를 돌렸다. 그래도 지금 이곳은 고속도로에서 가장 안전한 자리였다. 경찰차 안이었다. 마음이 놓이자 창밖 사진도 찍고, 경찰들에게 몇 마디를 붙이며 20분여를 달릴 수 있었다.

마침내 경찰차가 고속도로를 벗어나 우측으로 빠졌다.

조그만 마을 하나가 나타나자 경찰은 유턴까지 해가며 널찍한 갓길에 나를 내려주었다. 처음엔 고압적이던 경찰이 새삼 친절하게 안내했다.

"저기 오른쪽 도로가 고속도로 진입로예요. 그쪽으로 가는 차를 잡으면 될 거예요. 위험하니까 앞으로는 고속도로에서 히치하이킹 하지 말아요."

나는 감사 인사를 전하고 경찰차가 멀리 사라질 때까지 손을 흔들었다.

하지만 곧 깨달았다. 그들이 좋은 경찰일지는 몰라도, 결코 좋은 히치하이커는 아니었다. 경찰이 내려준 곳에는 10분 넘게 차가 거의 다니지 않았다. 운전자들은 유감스러운 손짓만 하고 지나쳤다. 나는 배낭을 둘러메고 다시 앞으로 걸었다.

사건 넷:
가장 안전한 나라, 가장 위험한 사고

교차로에서 신호가 떨어지자 차량들이 일제히 고속도로 진입로로 몰려들었다. 차를 세울 갓길은 보이지 않았다.

'코펜하겐'이라 쓴 사인보드를 들고 두리번거리던 순간, 검은 벤츠가 클락션을 울렸다. 운전자의 눈이 내 눈과 마주쳤다. 푸근한 인상의 남자가 타라는 손짓을 했다. 나는 신호가 바뀌기 전에 도로를 가로질러 차에 뛰어올랐다.

"코펜하겐으로 가요? 잘됐네요. 나도 코펜하겐으로 갑니다."

그 말 한마디에 기적이 일어난 듯했다. 200km가 넘는 거리를 한 번에 간다니, 오늘 하루 꼬이고 뒤틀린 여정의 끝에 드디어 행운이 찾아온 거였다.

운전자의 이름은 쇠렌. 캡 모자에 반바지를 입은 60대였고, 둥글둥글한 인상이 사람 좋아 보였다. 그는 독일과 덴마크 사이에서 오랫동안 가구 무역을 하다 은퇴한 뒤, 종종 독일을 오가며 소일한다 했다. 이야기는 술술 풀렸다. 나는 그제야 안심했다.

아저씨는 가정사부터 덴마크의 집값, 낙농업 사정까지 줄줄이 들려주었다. 나는 하루 동안 겪은 황당한 사건들을 쏟아냈다. 그는 고개를 끄덕이며 위로했다.

"별별 사람을 다 만났구나. 그런데 이제는 안심해도 돼. 덴마크는 유럽에서 히치하이킹 하기 가장 안전한 나라거든. 덴마크에 온 걸 환영…"

말끝이 채 닿기도 전에, 아저씨의 얼굴이 백미러에 굳었다. 그는 반사적으로 핸들을 꺾었다. 이어 "쾅쾅쾅!" 하는 굉음이 차체를 때렸다. 순간 내 몸은 앞으로 튕겨나가 앞유리에 이마를 찍고 다시 뒤로 꺾였다. 안전벨트가 갈비뼈를 죄었다. 귀가 먹먹해지고, 유리 냄새가 코를 찔렀다.

도로는 순식간에 아수라장이 되었다. 유리 파편이 신발 밑에서 마른 얼음처럼 부서졌다. 멀리서 울음과 비명이 뒤섞였다. 사이렌 소리를 내며 경찰차와 구급차가 잇달아 달려왔다.

쇠렌은 차를 세우고 나를 말렸다. "현장 가까이 오지 마." 잠시 뒤 돌아온 그는 경위를 설명했다. 병목구간 정체 속에서 트럭 한 대가 속도를 줄이지 못해 앞 트럭을 들이받았다. 그 충격이 연쇄 추돌로 번졌고, 마지막 피해자가 우리였다.

사고난 트럭 조수석에 탔던 한 여성 히치하이커가 트럭 밖으로 튕겨 나갔단다. 운송 중이던 말은 즉사했다. 쇠렌은 육십 평생 이런 사고는 처음이라며 고개를 저었다. 나는 그의 말을 들으면서도 실감이 나지 않았다. 대신 출고된 지 수개월 된 벤츠가 처참히 망가진 것이 눈에 밟혔다. 덴마크의 자동차 등록세율이 180퍼센트라니, 엄청난 값이었을 것이다. 그러나 곧 튕겨져 나간 여성의 생사가 떠올랐다. 그게 나였을 수도 있었다.

다행히 쇠렌과 나는 큰 부상은 없었다. 간단한 경찰 조사가 끝난 뒤, 그는 다시 차를 몰았다. 사고 직후 도로는 폐쇄됐지만 우리가 선두에 있었던 덕분에 곧 빠져나올 수 있었다. 생각해보면 그마저도 운이었다.

나비가 나일까, 내가 나비일까?

대형 사고를 겪은 사람치고 우리는 지나치게 밝았다. 나는 계속 질문을 던졌고, 쇠렌 아저씨는 차분히 답했다. 그의 스마트폰을 빌려 코펜하겐 숙소를 검색했다. 휴가철이라 숙소는 대부분 마감이었고, 겨우 하루치 방만 어렵사리 예약할 수 있었다.

두 시간을 달려 마침내 코펜하겐에 도착했다. 아저씨는 일부러 시내 한가운데 숙소 앞까지 나를 데려다주고 손을 흔들며 떠났다. 정말 고마운 사람이었다.

나는 홀로 남았다. 누구라도 붙잡고 오늘 겪은 일을 토

해내고 싶었다. 숙소 로비의 컴퓨터 앞에 앉아 함부르크의 친구 마리아에게 이메일을 쓰기 시작했다.

"마리아, 오늘 나에게 일어난 일을 얘기한다면 아마 너는 믿지 못할 거야. 우선 이건 내 아이패드 분실 신고한 경찰서 번호야. 그러니까 오늘 무슨 일이 있었냐 하면…."

타자를 치던 내 손이 떨렸다. 심장이 쿵쾅거리며 차량이 추돌하던 소리가 머릿속에서 자동 재생됐다.

'우리가 조금 더 뒤에 있었더라면? 내가 괜히 말을 걸어서 아저씨가 운전하는 걸 방해한 건 아닐까? 그 아가씨는 어떻게 됐을까, 안전벨트를 안 했던 걸까? 내가 그 트럭을 히치하이킹했을 수도 있었을까?'

머릿속에서 사고 장면이 끊임없이 변주되며 새로운 스토리가 생겨났다. 산소가 부족했다. 숨을 깊게 들이켜도 숨을 쉰 것 같지 않았다. 나는 허둥지둥 이메일을 마무리하고 자리에서 일어났다. 신선한 공기가 필요했다.

문을 열자 스칸디나비아의 8월이 밀려왔다. 따스한 햇살, 바다에서 불어오는 바람, 짙푸른 하늘과 더 짙은 바다. 형형색색 건물들이 항구를 따라 늘어섰고, 관광객이 물결쳤다. 숙소마다 클럽 음악이 흘렀고, 해안가 레스토랑과 펍은 젊은이들로 소란스러웠다. 마지막 여름을 불사르는 그들 속에서 나는 외톨이가 되었다. 발은 허공을 걷는 것 같았고, 아무도 내 존재를 신경 쓰지 않았다. 코펜하겐의 풍경도, 흥에 겨운 사람들도 어느 것 하나 나에게 닿지 않았다.

하루 동안 내게 무슨 일이 일어난 걸까. 왜 한꺼번에 이렇게 많은 일이 몰려왔을까. 도무지 현실 같지 않았다. 나는 꿈속에서 나비가 된 건지, 나비가 내가 된 건지 알 수 없었다. 물어볼 사람도 없이, 그저 숨을 크게 들이키며 걸었다. 나는 머리카락처럼 가볍게 버려진 존재일 수도, 나비처럼 꿈속 존재일 수도 있었다. 하지만 분명한 건 여전히 걷고 있다는 사실이었다. 이유를 몰라도 이유를 잃어도 계속 걷는 것밖에 없었다.

우리 다시 만나지 말자, 코펜하겐

터키에서
들개에게 공격당했다

터키를 여행하는 한 달 동안 들개에게 두 차례나 공격당했다. 그 경험은 지금도 내 몸에 남아 있다. 멀리서 개 짖는 소리만 들려도 머리칼이 곤두서며 몸이 먼저 긴장한다.

트라브존, 떠돌이 개와
눈이 마주쳤다

흑해 연안의 항구 도시 트라브존. 내가 머물던 시기에 마침 라마단이 시작됐다. 라마단은 이슬람력 9월, 한 달 동안 이어지는 금식 기간이다. 무슬림들은 해가 떠 있는 동안 음식은 물론 물조차 입에 대지 않는다. 해가 진 뒤 이프타르라 불리는 만찬으로 하루의 고행을 마무리한다.

이슬람력은 윤달이 없어 매년 양력으로는 10일가량 앞당겨진다. 그래서 라마단은 어떤 해에는 겨울, 어떤 해에는 여름에 걸린다. 내가 여행하던 해는 한여름이었다. 새벽 세 시에 해가 떠서 밤 아홉 시가 넘어야 해가 졌다. 긴 낮 동안 금식하는 사람들의 표정은 점점 예민해지고, 거리는 금방 적막해졌다.

배낭여행자의 본분은 돌아다니고 또 돌아다니는 것이다. 이날도 소임을 위해 나는 숙소 근처 강을 따라 도심까지 걷기로 했다. 8km 정도 되는 길이었는데, 산책 겸해서 괜찮을 거라 생각했다. 인적은 드물었고 강변은 잡초만 무성했다. 덩그러니 혼자 걷다 보니 불안이 스멀스멀 올라왔다.

그 순간 어디선가 개 짖는 소리가 터져 나왔다. 멀리 잡초 사이에 개 무리가 보였다. 본능적으로 방향을 틀어 도로 쪽으로 이동했다. 녀석들이 점점 가까워지고 있었지만 여전히 먼 거리였다. 괜찮겠지 싶던 찰나, 한 마리와 눈이 딱 마주쳤다. 녀석은 원수라도 발견한 듯, 갑자기 잡초를 헤치며 나를 향해 미친 듯 달려오기 시작했다. 재빨리 주위를 둘러봤지만 아무도 없었다. 몸을 숨길 곳도 없었다. 나는 오직 혼자였다.

등을 보이지 말라

이틀 전 오랜만에 친구 하나가 연락을 해 왔다. 뜬금없이 그는 이런 말을 남기며 사라졌다. "동물이 공격해 올 때는 등을 보이면 안 된대."

일촉즉발의 순간, 친구의 말이 번개처럼 떠올랐다.

'등을 보여선 안 된다.'

나는 도망치는 대신, 재빨리 가방을 벗어 단단히 움켜쥐었다. 녀석이 사정거리에 들기를 기다렸다. 다섯, 넷, 셋, 둘, 하나, 지금! 나는 목 깊은 곳에서 괴성을 쥐어짰다.

"우웨에에에엑!"

생전 듣도 보도 못한 소리를 내지르며 가방을 힘껏 휘둘렀다. 나의 공격에 개는 주춤하더니 곧장 방향을 틀어 달아났다.

완전히 도망갔다는 확신이 들고서야 나는 비로소 허리를 굽히고 긴장된 숨을 토해냈다. 내 공격이 그렇게 위협적이었나 생각하며 뒤를 돌아본 순간, 나는 개가 달아난 진짜 이유를 알 수 있었다. 내 등 뒤로는 아저씨와 꼬마가 서 있었다. 어디선가 나타난 그들은 손에 돌멩이를 들고 있었다. 개가 나를 덮치려는 순간 내 뒤에서 돌을 던져 위협했다.

수적으로 불리하다고 판단한 떠돌이 개는 줄행랑친 것이었다.

이 천사들은 대체 어디서 나타난 것일까? 하늘에서 떨어졌을 리는 만무하고 땅에서 솟았을 리도 없었다. 아니다, 진짜로 그들은 땅에서 솟아올랐다. 도로 옆 지하보도에서 막 올라온 참이었다. 수더분한 인상의 아저씨와 어린 꼬마의 얼굴을 보는 순간, 긴장이 풀리며 심장이 마구 뛰기 시작했다. 마치 심장이 귀에라도 달린 듯 쿵쾅거렸다.

'만약 그들이 없었더라면….'

생각이 미치자 뒤늦은 두려움이 파도처럼 밀려왔다.

아저씨는 넋이 나간 내 표정을 보더니 엄지를 입으로 가져가는 시늉을 했다. 입천장을 꾹꾹 누르면 놀란 가슴이 진정된다는 의미였다. 그 순간 어린 시절 할매가 떠올랐다. 내가 놀라 자지러지게 울면, 할매는 사발에 맑은 물을 떠오셨다. 정수리를 톡톡 적신 뒤, 그 물을 세 모금 삼키게 했다. 신기하게 울음이 잦아들었다. 놀란 기운이 막히지 않도록 다스리는 옛 어른들의 지혜였다.

나는 아저씨가 알려준 대로 엄지로 입천장을 꾹꾹 눌렀다. 그것도 모자라 젖먹이처럼 손가락을 입에 물고서, 아저씨와 꼬마 뒤를 바짝 따라 걸었다. 북적이는 거리에 들어섰을 때에야 집 나간 혼이 돌아온 기분이었다.

카파도키아,
들개에게 뒤쫓겼다

터키에서 가장 유명한 유적지 중 하나인 카파도키아. 수천
넌에 걸쳐 형성된 기암괴석과 버섯 모양 바위 군락이 신비

로운 풍경을 빚어낸다. 우주비행사 닐 암스트롱이 "진작 여기에 왔다면 굳이 달에 갈 필요가 없었을 것"이라 말했을 정도다. 하루종일 둘러봐도 지루하지 않을 그곳에서, 나에게는 들개에게 쫓긴 기억이 가장 선명하게 남아 있다.

괴레메 시내에서 한참 떨어진 파샤바 계곡으로 향했다. 현지인들이 '스머프 마을'이라 부르는 곳이다. 마그마가 식고 화산재가 내려앉아 버섯 모양 바위들을 만든, 카파도키아의 대표 풍광이다. 로컬 버스를 타고 이동했는데, 관광객은 나 혼자였다.

계곡에 내리자 적막이 휩쓸었다. 신비로운 이 우주를 나 혼자 독차지한 듯한 느낌. 평소 사진을 잘 찍지 않는 나였지만, 그날따라 욕심이 났다. 풍경을 한눈에 담겠다는 일념으로 산등성이를 기어올랐다. 정상에 서서 카메라를 연신 눌러대며 이리저리 뛰어다니던 중, 왼쪽에 난 오솔길이 눈에 띄었다. GPS를 보니 도심까지 곧장 이어지는 지름길이었다. 해 지기 전에 돌아가려면 이 길이 좋겠다고 생각했다.

길을 나선 지 십여 분쯤 지났을까. 멀리서 개 짖는 소리가 은은하게 들렸다. 처음엔 근처 마을이려니 짐작하며 걸음을 옮겼다. 점점 소리가 커지고 있다는 걸 깨달았다. 등골이 서늘했다. '무언가 잘못됐다.' 개가 나를 향해 오고 있음이 분명했다.

나는 본능적으로 뒤돌아 뛰기 시작했다. 오로지 살아야겠다는 생각뿐이었다. 등 뒤로 개 짖는 소리가 점점 가까워졌다. 심장은 터질 듯 뛰었고, 긴장으로 팔다리가 허우적거렸다. 발이 돌부리에 걸리는 순간, 나는 앞으로 고꾸라졌다. 얼른 일어나야 하는데 몸이 말을 듣지 않았다. '끝났구나.' 자포자기한 순간, 오히려 몸이 조금씩 풀리기 시작했다. 개 짖는 소리는 여전했지만 아직 아무 일도 일어나지 않았다. 간신히 몸을 추스르고 일어나 왼쪽 다리를 절뚝이며 다시 내달렸다. 속도는 점점 느려졌다. 왼편으로 10m가 넘는 절벽이 나타났다. 여차하면 뛰어내리겠다고 마음먹을 정도였다.

얼마나 달렸을까. 개 짖는 소리가 점점 멀어지고 있었다. 나는 용기 내어 걸음을 멈추고 뒤돌아보았다. 언덕 위에 개 한 마리가 어렴풋이 보였다. 더 이상 쫓아오지 않았다. 사람인 걸 확인하고 추격을 멈춘 건지, 짐작만 할 뿐이었다.

숨을 고르고 보니 내 몰골이 형편없었다. 바지는 한 뼘 넘게 찢어졌고, 무릎에서는 피가 흘렀다. 손바닥도 찢어져 모래와 피가 엉겨 붙어 있었다. 긴장이 풀리자 그제야 통증이 밀려왔다.

살아 있으니 이리 좋은걸

아직 안심하기엔 이르다는 생각에, 아픈 다리도 잊은 채 바위를 껑충껑충 넘으며 정신없이 산을 내려갔다. 언덕 아래에 ATV를 타고 관광 중인 젊은 커플과 가이드 한 명이 눈에 들어왔다. 그들은 나를 발견하자 손을 크게 흔들었다. 나도 반가움에 마구 손을 흔들며 그들을 향해 달려갔다.

가까이서 내 몰골을 본 그들은 깜짝 놀라 "무슨 일이에요, 괜찮아요?" 하고 물었다. 사람의 목소리를 듣자 그제야 안도감이 밀려왔다. 하마터면 울음을 터뜨릴 뻔했다. '진짜 살았구나.' 방금 전까지의 일들이 벌써 꿈처럼 아득하게 느껴졌다.

카파도키아의 명물 중 하나가 석양이다. 한낮까지만 해도 흙빛이던 태고의 바위들이 해질녘이면 분홍빛으로 물든다. 마침 일몰이 다가오고 있었다. 가이드와 커플은 유명한 일몰 포인트로 향하려던 참이었다. 그들은 상처 입고 지친 여행자 한 명을 기꺼이 거두어 주었다. 나는 그들의 ATV 뒷좌석에 올라타 함께 이동했다.

선셋 포인트는 이미 사람들로 붐볐다. 모두 ATV를 타고 투어에 나선 관광객들이었다. 활기와 기대가 넘치는 그들은 연신 카메라 셔터를 눌렀다. 나는 그들 틈에서 비켜 한 구석에 조용히 쭈그리고 앉았다. 사방이 살구빛으로 물들었다. 해가 천천히 우아하게 내려앉고 있었다. 나는 아무 말 없이 그 빛을 응시했다.

곧 해가 완전히 넘어가자 주변은 희미한 빛만 남긴 채 어둑어둑해졌다. 관광객들은 하나둘 떠나가고, 바람만이 머리칼을 스치며 세차게 불어왔다. 나는 좀처럼 자리에서 일어설 수가 없었다. 이 안전하고 평화로운 순간을 영원히 붙잡고 싶었다.

'살아 있으니 좋구나. 이런 아름다움도 볼 수 있고.'

유라시아 대륙 여행이 1년을 넘어선 시점이었다. 어느새 사람도, 풍광도, 유적도 크게 좋지도 싫지도 않은 나날이 이어졌다. 타성에 젖은 내 가슴이 오랜만에 깊이 울렁거렸다. 살아 있으니 이리 좋은 걸. 나는 욱신거리는 두 무릎을 부여잡고 턱을 괴고 앉아, 지평선 너머 해가 사라진 자리 그 어둑한 빛을 오래도록 바라보았다.

IV. 마주하다_사람을

장대비 속에 나타난 천사들

여행자를 돕고 싶어 안달난 사람들

소심한 액세서리 노점상과 20달러

장대비 속에
나타난 천사들

늦은 출발, 불안한 시작

7월, 유럽의 여름이 본격적으로 시작되던 때였다. 나는 리
투아니아 수도 빌니우스에서 친구 스키르만테네 집에 얹
혀살고 있었다. 원래는 사나흘만 지내려 했는데, 어느새 일
주일이 훌쩍 넘어 있었다. 볕이 잘 드는 아파트는 포근했
고, 늘 길 위를 떠돌던 내겐 오랜만의 천국이었다. 여유로
운 아침, 집밥, 따뜻한 샤워―길바닥의 냉기와 먼지를 잊게
하는 축복이었다. 친구 역시 "하루만 더, 하루만 더" 하며
나를 붙잡았다. 그녀의 말이 달콤한 덫이 되어, 나도 모르
게 그 하루를 계속 연장했다.

하지만 떠나지 않으면 다시 길 위로 돌아갈 용기가 사라질 것 같았다. 결국 마음을 다잡았지만, 떠날 결심과 떠나는 일은 별개의 문제였다. '이제는 가야 한다'며 배낭을 꾸려놓고도, 나는 계속 멈칫했다. 출발은 아침이 아니라 정오를 훌쩍 넘겨 버리고 말았다. 해는 이미 한낮의 열기로 번들거렸고, 그림자는 짧았다. 이 시각에 길을 나선 히치하이커라니, 운도 패기도 없었다. 더 미루면 오늘 안에 도착은커녕 길바닥에서 잘 판이었다.

갓길에 배낭을 내려놓고 '바르샤바'라고 적은 사인카드를 꺼냈다. GPS 지도로 거리를 확인하는 순간, 눈이 휘둥그레졌다. 친구는 분명 "차로 세 시간이면 충분해"라고 했는데, 지도엔 일곱 시간이 넘는 거리로 표시됐다. 이마에 식은땀이 삐질 배어나왔다.

"디졌다."

한마디가 절로 튀어나왔다. 출발이 늦어도 너무 늦었다.

고물 트럭과
으스스한 드라이브

기분이 이상했다. 해는 이미 기울고 있는데 히치하이킹은 시작도 못 했다. 쨍쨍하던 햇볕은 사라지고 공기마저 눅눅해졌다. 당일 안에 바르샤바에 닿을 수 있을까, 불안이 슬금슬금 몸을 파고들었다.

그때 흙먼지를 날리며 낡은 트럭 한 대가 멈췄다. 철판이 삭아 구멍 난 짐칸, 바람에 덜컹거리는 거울. 무성영화에서나 봤을 법한 얼굴이 창밖으로 불쑥 나타났다.

"칼리닌그라드로 가는 길인데 태워줄까?"

칼리닌그라드라니─발트해 끝, 폴란드와 리투아니아 사이에 낀 러시아의 외딴 영토였다. 지도를 보니 도중에 내리면 바르샤바로 갈 수 있을 듯했다. 머릿속 계산보다 조급함이 빨랐다. 나는 주저할 틈도 없이 조수석에 올라탔다. '서둘러야 한다'는 마음이 이미 판단을 앞질렀다.

운전자는 러시아인 요시프, 예순쯤 되어 보였다. 화물운송을 업으로 삼는다며, 마치 여행 가이드를 자처하듯 중간중간 차를 세웠다. 오래된 건물을 가리키며 "이건 19세기!"를 외치고, 블루베리 노점을 보자 또 차를 세워 "사진 찍어,

블루베리!" 하며 손짓했다. 친절이라기보다 들뜬 기분 같았다. 이런 식이라면 오늘 안에 바르샤바에 닿긴 틀렸다. 트럭은 시속 50km도 넘기지 못했고, 초조함은 점점 더 짙어졌다.

운전자와 대화를 나눌수록 불안했다. 말의 맥락이 없고, 어딘가 둔탁한 말투였다. 그리고 느닷없는 제안까지 종잡을 수가 없었다.

"도로 공사 중이라 다른 길로 가야 해."

그 말과 함께 아저씨는 멀쩡한 도로를 두고, 갑자기 숲 속으로 방향을 틀었다.

한낮인데도 숲은 묘하게 어두웠다. 빽빽한 나무들이 햇빛을 틀어막고, 축축한 공기가 차 안으로 스며들었다. 엔진 소리만 울리는 정적. 그 정적을 깨듯 요시프가 말했다.

"저기 숲에 블루베리가 많아. 잠깐 따고 갈래?"

공포스러웠다. 짐짓 태연한 척 단호히 "노"를 외쳤지만, 혹시 차를 세울까 두려워 손에 땀이 흥건했다. 같은 질문이 두 번, 세 번 반복됐다. 배낭을 품에 끌어안았다. 페퍼스프레이를 꼭 쥐고서 손끝으로 분사구의 방향을 확인했다. 머릿속에는 만일의 경우를 대비한 시뮬레이션이 쉼 없이 돌았다. '차가 멈추면, 문이 잠기면, 뛰어내릴 틈은 어디지?'

한참을 달린 끝에 트럭이 드디어 숲을 빠져나왔다. 도로 표지판이 보이자마자 어깨에 힘이 풀렸다. 하지만 이번엔 하늘이 문제였다. 먹구름이 몰려들더니 순식간에 빗방울이 후드득 떨어졌다. 유럽의 여름 해는 길었는데, 아직 여섯 시도 안 돼 어둑해졌다. 빗줄기는 곧 장대비로 변했다.

"저기서 내려주마."

교차로 앞에서 아저씨가 차를 세웠다.

"나는 직진이고, 너는 저 좌측 길로 가면 돼."

그는 세찬 빗속으로 사라졌다. 3시간 만에 차에서 무사히 내렸다는 안도감도 잠시였다. 길을 삼킬 듯 퍼붓는 폭우 속에서 우산은 무용지물이었다. 배낭, 신발, 옷, 온몸이 한순간에 샤워하듯 젖어갔다.

누가 보냈을까?
캐러밴의 천사들

한참을 걸은 끝에야 바르샤바 방향 도로변에 닿았다. 가방에서 사인카드를 꺼내 들었지만, 이 폭우 속에서 운전자가 글자를 읽을 수 있을 리 없었다. 시간은 이미 저녁 여섯 시를 훌쩍 넘겼다. 바르샤바까지는 아직 400km. 비는 퍼붓고, 인적은 끊겼다.

금요일 저녁, 숲으로 둘러싸인 도로는 텅 비어 있었다. 10분, 20분… 히치하이킹의 희망은 빗물처럼 서서히 흘러내렸다. 오늘 밤 어디서 몸을 뉘어야 하나. 비에 젖은 숲은 너무 스산했고, 노숙은 불가능했다. 참담하다는 말 외엔 표현할 길이 없었다.

그때였다. 멀리서 낮고 묵직한 엔진음이 들려왔다. 하얀 실루엣의 차 한 대가, 왼편 도로 끝에서 빛이 깜박이며 달려오고 있었다. 나는 필사적으로 사인카드를 번쩍 들어 올렸다. '설마 이 빗속에서 보일 리가…' 생각하던 찰나, 그 차가, 정말로 내 앞에 멈춰 섰다.

흰색 캐러밴의 비상등이 별처럼 반짝이듯 깜빡였다. 창문이 내려가자 조수석에서 금발의 젊은 여성이 얼굴을 내밀었다.

"우리는 바르샤바로 갈 거예요. 함께 갈래요?"

귀를 의심했다. 바르샤바라니.

"그런데 가는 길에 저녁을 먹어야 해서 한 시간쯤 지체될 텐데, 괜찮겠어요?"

그녀의 말투는 한없이 상냥했다. 비에 젖은 나보다, 나를 태워야 하는 그녀가 오히려 미안해하고 있었다. 순간 '한 시간은 곤란한데'라는 엉뚱한 생각이 스쳤다. 사람이 막다른 곳에서 구원을 마주하면 순간 정신이 어떻게 되는 모양이었다. 다행히 이성보다 본능이 먼저 반응했다. 내 입에서는 이미 "좋아요!"가 튀어나오고 있었다.

그녀는 조수석에서 내려 빗속을 가르며 뒷문을 열어 주었다. 물기가 줄줄 흐르는 내 옷차림에 실내를 더럽힐까 미안했지만, "괜찮아요, 어서 타요." 그 말에 등을 밀리듯 올라탔다.

캐러밴 안은 따뜻하고 아늑했다. 히터 바람이 피부를 감싸자 온몸에서 긴장이 스르르 풀렸다.

그녀는 냉장고를 열어 체리 한 통을 내밀었다. "먹어요, 달콤해요." 빗소리가 유리창을 두드리고, 차는 부드럽게 움직이기 시작했다. 나는 젖은 신발을 벗으며 생각했다. 도대체 누가 보냈을까, 이 빗속의 천사를.

신은 일부러 길을 비틀었나, 캐러반의 천사들

운전자는 표트르, 조수석에는 아내 로마. 둘 다 순한 인상의 폴란드 부부였다. 고등학교 때 만나 10년 연애 끝에 결혼했고, 아이는 아직 없다고 했다. 우리 셋이 나이가 같다는 걸 알고는 금세 친구가 된 듯 마음이 풀어졌다.

빗속에 흠뻑 젖은 나를 보곤 로마가 "감기 걸리면 안 돼요" 하며 마른 수건을 건넸다. 휴대용 버너에 물을 올리자 곧 김이 피어올랐고, 금속 머그잔에서 따뜻한 향이 났다.

"2주 동안 노르웨이, 스웨덴, 덴마크를 캠핑하며 돌았어요. 너무 피곤해서 이번 주말엔 쉬자고 서둘러 귀가 중이었는데…"

로마가 웃었다.

"남편이 길을 잘못 들어서 당신을 보게 된 거예요."

길을 잘못 들어 만난 인연이라니—우연이 이토록 완벽할 줄이야. 내가 미처 잃어버린 온기가, 따뜻한 찻잔을 통해 다시 손끝으로 스며드는 기분이었다. 감사했다. 정말로 감사했다.

한 시간 반쯤 달려 휴게소에 도착했다. 폴란드 돈 한 푼

없는 나를 대신해 그들은 피자까지 주문했다. 스칸디나비아 캠핑 이야기, 길 위에서의 해프닝, 각자 지나온 날들의 조각이 오갔다. 차 안엔 웃음이 잔잔히 피어올랐다. 그렇게 수백 km를 달려, 우리는 새벽 한 시가 다 된 시간에 바르샤바에 도착했다. 그들은 내 숙소 앞까지 데려다주고, 창문을 열어 손을 흔들었다.

"바르샤바에 있는 동안 연락해요."

그들이 아니었다면? 숲속 도로 한가운데서, 폭우 속에 갇혀 나는 또 어떤 얼굴로 밤을 맞이했을까. 로마와 표트르는 천사였다. 루돌프 사슴코가 끄는 썰매 대신, 자전거를 주렁주렁 매단 흰색 캐러밴을 몰고 장대비를 가르며 나타난 ― 내 인생의 산타클로스, 진짜 천사들이었다. 나는 로마와 표트르가 떠난 길 위를 한동안 바라보았다. 어둠 속 도로 위로 캐러밴의 붉은 미등이 점처럼 멀어졌다. 천사들은 사라졌지만, 그들이 심어준 온기가 오래도록 내 안에서 반짝일 것이다.

여행자를 돕고 싶어
안달난 사람들

또 이렇다니까

또다시 자전거 체인에서 그렁그렁 소리가 났다. 오른발로 냅다 뻥 차니 잠잠해졌다. 다시 페달에 힘을 줬다. 한동안 괜찮을 거다.

브뤼셀 방바닥에 눌러 붙기

유럽의 여름은 해가 길었다. 새벽 다섯 시면 훤히 밝아지고 밤 열한 시가 되어서야 어둑해졌다. 쉬는 시간을 빼면 하루

열두 시간은 자전거를 탈 수 있으니, 여행하기엔 더없이 안성맞춤이었다. 그런데 한낮 볕은 너무 뜨겁고, 잠자리도 걱정되고, 지금 이곳이 또 지나치게 편안했다. 나는 브뤼셀 방바닥을 차마 떨치고 일어나지 못했다. 자전거 여행을 시작한 뒤로 방바닥만 보면 드러눕고 싶고, 좀처럼 일어나질 못하는 증상이 도지고 있었다.

브뤼셀에 들어온 지 일주일. 닷새 전엔 오픈하우스로 옮겼다. 젊은 청년 하나가 가족들이 휴가 간 틈을 타 3층 주택을 여행자들에게 무료로 개방한 곳이었다. 어떻게 소문이 났는지 전 세계 여행자들이 방마다, 카우치마다, 심지어 뒷마당 텐트까지 점령해 있었다. 나도 간신히 카우치 하나를 차지했다.

이틀째 되던 날, 불가리아 커플이 떠난다는 소식을 미리 입수한 덕에 나는 방 하나를 떡하니 차지했다. 주인 청년은 식재료까지 사다 나르며 여행자들을 챙겼다. 대체 뭘 바라고 저러는 걸까. 나중에 가족들이 돌아와 난장판을 보면 최소 기절이었다. 나는 설거지를 자청하고 김밥, 비빔밥, 짜장밥을 차려 약간의 양심을 지키려고 애썼다.

닷새가 지나자 마음이 괜히 불편해졌다. '쟤는 여행 안해? 왜 맨날 누워 있어?'라는 말이 나오기 전에 방바닥을 털고 일어나야 했다. 쉴 만큼 쉰 것 같은데도 짐을 싸려니 몸이 천근만근 무거웠다. 여행 중에는 충분한 휴식이란 애초에 없는 모양이었다. 여행은 한 번의 출발로 완성되지 않는다. 매일 매 순간—머물고 싶은 나와 그래도 떠나려는 나 사이의 끊임없는 줄다리기다. 탈출한 영혼까지 끌어모아 겨우겨우 몸을 일으키니 벌써 오전 열 시였다. 망했다. 오늘도 출발이 늦었다.

자전거 타이어에
문제가 생겼다

오늘 목적지는 벨기에 서쪽 해안의 브뤼헤. 전통을 고스란히 간직한 도시로 유명했다. 평지라 자전거 여행하기에 제격이고, 유유히 흐르는 카날을 따라가는 길은 더없이 평화로웠다.

체인에서 또 그르륵거리는 소리가 났다. 이젠 거의 반사적으로 오른발을 들어 뻥 찼다. 동네 마실용 자전거에다 20kg 넘는 짐을 싣고 하루 열다섯 시간을 달렸으니, 무리가 안 가는 게 이상한 일이었다. 이번엔 소리가 그치자 다른 게 이상했다. 페달을 아무리 굴려도 자전거가 앞으로 나가지 않았다. 단단히 고장이 난 게 틀림없었다. 얼른 갓길에 멈춰 세웠다. 다행히 주택가라 차량 통행은 드물었다. 자전거를 세울 땐 짐 무게 때문에 작대기를 따로 받쳐야 넘어지지 않았다. 전문가 친구에게 배운 요령이었다.

뒷바퀴를 살펴보니 바람이 빠져 있었다. 펑크인가 싶어 가슴이 철렁했다. 배낭을 풀어헤치고 공기주입기를 꺼냈다. 출발 전에 괜히 마음이 불안해 팔뚝만 한 주입기를 사둔 게 있었다. 장난감처럼 가벼워 못 미더웠지만 그래도 챙겨두길 잘했다.

밸브를 맞추고 힘껏 손을 놀렸다. 바람이 들어가는 둥 마는 둥 했다. 더 세차게 펌프질을 이어갔다. 5분쯤 지나니 타이어가 조금 부풀어 오르기 시작했다. 계속 주입하자 다행히 펑크는 아니었다. 아까 체인을 발로 찰 때 밸브를 건드려 느슨해진 게 원인이었다. 천만다행이었다.

시계를 보니 어느새 저녁 아홉 시. 목적지까지는 아직 20km 넘게 남아 있었다. '아침에만 일찍 출발했어도….' 게으른 자신을 반성해도 이미 늦었다. 바람 넣는 속도는 더디고, 해는 넘어가고, 마음은 자꾸만 조급해졌다.

도움 주고 싶은
따듯한 사람들

한참 펌프질 끝에 뒷타이어가 제법 단단해졌다. 보기보다 공기주입기가 쓸모 있었다. 이 정도면 목적지까지는 무리 없겠다고 마음을 놓는 순간, 허리를 펴다 말고 옆집 마당에서 인기척이 들렸다. 남자가 조심스럽게 말을 건넸다.

"혹시 공기 주입이 필요하세요? 제가 도와드릴까요?"

아까부터 그 말 한마디를 하려고 눈치를 보고 있었던 게 틀림없었다. '이제 괜찮은데…'라는 말이 목구멍까지 차올랐지만, 간절한 눈빛을 차마 외면할 수 없었다.

여행하다 보면 종종 그런 순간이 있었다. GPS를 보며 길을 확인하는데, 현지인이 다가와 도움이 필요하냐고 묻는 경우. 사실 길이 너무 뻔해서 혼자서도 충분했지만, 선한 얼굴을 마주하면 모른 척하기가 어려웠다. 그럴 땐 일부러 어리숙한 척 현지인을 따라가곤 했다. 목적지에 데려다 놓고 뿌듯해하는 모습을 보면 내 마음도 덩달아 기뻐졌다.

이번에도 마찬가지였다. 갈 길이 멀었지만 웃으며 대답했다.

"응, 도와주시면 감사하죠."

남자의 이름은 조나스였다. 그는 갑자기 신이 난 듯 내 자전거를 번쩍 들어 차고 안으로 옮겼다. 마당에 있는 아내와 아이들을 가리키며, 자전거를 손보는 동안 잠시 쉬고 있으라며 안내했다.

뒤뜰에는 아이들을 위한 친환경 놀이터가 있었다. 나는 탁자에 앉아 숨을 고르고, 아이들이 뛰노는 모습을 바라봤다. 낯선 동양인을 본 두 아이가 수줍게 다가왔다. 이윽고 밝은 미소를 지으며 조나스의 아내가 등장했다. 부부는 닮는다더니, 둘 다 어쩜 저렇게 선해 보일까 싶었다.

유럽 친구들을 만나며 종종 느낀 게 있다. 세상 풍파에 찌들지 않고도 온화함을 간직한 사람들이 있다는 사실이다. 법 없어도 살 것 같은 마음씨, 나이를 불문한 배려와 존중. 그런 이들을 마주하면 나도 모르게 마음이 몰랑해진다. 조나스 가족도 그랬다.

아내는 갈증 난 내 상태를 눈치챈 듯 시원한 주스를 건네주었다. 오아시스를 발견한 상인처럼 벌컥벌컥 들이켰다. 꿀맛이었다. 그녀는 한 잔을 더 가져다주며, 혹시 화장실이 필요하면 집 안으로 들어가 왼쪽으로 꺾으라고 알려줬다. 날개만 없는 천사 같았다. 자전거 여행 중 급한 용무는 주로 길가에서 해결해야 했기에, 번듯한 화장실은 그 자체로 반가웠다. 나는 서둘러 들어가 먼지를 씻고 털고 나왔다. 새로 지은 집이라는데 모던한 인테리어가 인상적이었다.

여행이냐 정착이냐, 정답은 스스로 살아보는 것

딸기향 가득한 저녁

자전거를 손 본 조나스가 테이블에 앉았다. 나는 감사 인사를 전하며 이름과 출신, 여행 이야기를 간단히 들려주었다. 부부는 왠지 감명받은 눈치였다. 잠시 속닥거리더니 딸기

농장 애기를 꺼냈다. 이웃이 딸기 농장을 운영하는데 지금이 제철이라며 신선한 걸 바로 살 수 있다는 것이다.

"저 딸기 엄청 좋아해요. 없어서 못 먹죠."

내가 웃으며 대답하자, 조나스가 갑자기 번개처럼 일어나더니 잠시 후 새빨갛게 익은 딸기를 들고 돌아왔다. 설탕처럼 달지는 않았지만 갓 수확한 향이 진하게 났다. 나는 아기들과 경쟁하듯 딸기를 집어 먹었다.

조나스는 고속도로 순찰대 경찰이었다. 새로 지은 집은 고속도로 입구와 가까웠다. 아내는 인근 도시에서 사무직으로 일했다. 두 사람은 대학 시절에 만나 결혼해 두 아이를 키우며 알콩달콩 살아가고 있었다. 보기만 해도 화목한 가족이었다. 계속 딸기만 먹는 것도 민망해, 나는 여행 중 기억나는 몇 가지 에피소드를 들려주었다. 부부는 깔깔 웃으며 즐거워했다. 분위기는 더없이 따뜻했다.

시간은 어느새 밤 열 시. 잠시 들른다는 게 한 시간이 훌쩍 지나 있었다. 나도 아쉽고 조나스네 가족도 아쉬워했지만 더 늦기 전에 일어서야 했다. 아내는 딸기를 포장해 주고, 생수 한 병도 챙겨주었다. 예상치 못한 호의를 받고 나니 가슴 안이 달고나 설탕처럼 녹아내리는 것 같았다.

길은 이미 어두워졌다. 조나스는 위험하다며 자신이 길

잡이를 해주겠다고 나섰다. 그가 앞서고 내가 뒤따라 한참 달렸다. 도시 불빛이 보이자 조나스는 멈춰 서서 도심으로 가는 길을 꼼꼼히 알려주었다. 사실 GPS만 켜도 충분했지만, 나는 아무 말 없이 그의 설명을 고개 끄덕이며 들었다. 작별할 시간이었다.

"건강하게 무사히 여행하세요."

조나스의 인사를 받으며 손을 흔들고 다시 페달을 밟았다.

사방은 완전히 어두워졌다. 이제 혼자서 어둠을 뚫고 가야 했다. 타이어에 바람이 빠진 일을 예측하지 못했듯, 오늘 조나스 가족과의 만남도 예상하지 못했다. 따뜻한 환대를 받은 덕분에 혼자 달려도 마음만은 환했다.

조나스의 숨겨둔 꿈

그러고 보니 조나스는 처음부터 나를 도울 때마다 즐거워 보였다. 어둠 속에서 나란히 달리던 중, 그는 문득 비밀을 털어놓았다.

"사실 나도 대학 졸업 후 자전거로 세계여행을 떠나려 했어요. 여자 친구냐, 여행이냐 갈등하다가 결국 직업을 택했고, 여자 친구와 결혼해 아이들을 낳고 정착했지요. 경찰 일도 보람 있지만, 오늘 당신을 보니 잊고 있던 꿈이 다시 떠올랐어요. 당신이 참 부러워요."

우연히 만난 여행자를 통해 그는 묻어두었던 꿈을 되살렸다. 아마 내 모습에서 과거의 자신을 본 걸지도 모른다. 어둠 때문인지 내 착각인지, 그 순간 조나스에게서 묘한 슬픔이 비쳐 보였다.

헤어진 뒤 혼자 페달을 밟으며 그의 말을 곱씹었다. "네가 부럽다, 네가 참 부럽다…" 남루한 몰골로 하루하루 버티는 내 여행이 누군가에겐 부러움이 될 줄이야. 조나스는 집으로 돌아가며 무슨 생각을 했을까. 꿈을 포기한 걸 후회했을까, 아니면 귀여운 자녀들을 떠올리며 그래도 잘한 선택이라 여겼을까.

나는 일상을 살아가는 사람들을 진심으로 존경한다. 상처받고, 지겹고, 힘들어도 자신의 자리를 묵묵히 지켜내는 사람들. 세상은 그들 덕분에 오늘도 어김없이 돌아간다. 나는 아직 그럴 힘을 갖추지 못해 길바닥을 헤맨다. 참고 견디는 힘, 매일을 버티는 힘을 배우고 단련하기 위해 나는 오늘도 길 위로 나섰다.

하늘은 낮부터 꾸물거리더니 마침내 비를 쏟아냈다. 빗줄기 속을 달려 자정이 다 되어서야 브뤼헤에 도착했다. 13시간 동안 110km를 달린 하루였다. 비에 젖어 온몸은 축축했고 피로가 몰려와 삭신이 녹아내릴 듯했다. 그래도 타이어 사고를 무사히 넘기고, 조나스 가족 덕분에 좋아하는 딸기까지 얻어먹는 호사를 누렸다.

오늘 하루도 무사히 살아냈다. 낯선 여행자를 돕지 못해 안달인 따뜻한 사람들 덕분에 침대에 누운 순간, 가슴 가득 벅찬 감정이 차올랐다. 누군가는 포기한 꿈을 나는 여전히 이어가고 있었다. 잘 되든 못 되든, 계속해 나갈 수 있다는 것만으로 나는 운이 좋은 게 분명했다.

소심한 액세서리 노점상과
20달러

코펜하겐, 우린 아니야

일 년 중 한낮이 가장 길다는 코펜하겐의 여름은 아름답기로 소문났다. 전 세계에서 몰려든 관광객들로 도시는 밤낮 없이 들썩였다.

내가 묵은 호스텔은 유난히 젊은 여행자들로 복작거렸다. 24시간 틀어 재끼는 클럽 음악 소리에 스피커가 터질까, 내 머리가 먼저 터질까 궁금했다. 여행자들은 요란한 음악에 맞춰 몸을 흔들고, 포켓볼 큐대를 휘두르며 큰 소리로 웃고 떠들었다. 반바지에 슬리퍼, 손에는 맥주. 세월아 네월아 흘러가는 자유로운 영혼들이었다.

코펜하겐에서 나는 누구보다 갇힌 영혼이었다. 원래 파티 분위기를 즐기지 않는데다, 전날 교통사고 후유증까지 겹쳐 정신이 불안정했다. 천장이 울릴 때마다 심장은 덩달아 요동쳤고, 머리는 지끈거렸다. 누군가와 어울릴 기분도, 그럴 필요도 느끼지 못했다. 흥에 겨운 무리들 속에서 겉도는 기름방울 같았다.

높은 물가도 내 울적함을 부추겼다. 8인용 좁디좁은 다인실 침대 하나에 6만 원, 아침식사는 2만 원을 추가해야 했다. 그마저도 방이 모자라 셋째 날엔 예약조차 실패했다. 편의점 음료 하나 집기도 망설여졌다. 부가세가 25%라니, 애초 '저렴하다'는 개념이 존재할 수 없는 구조였다. 3~4일 치 평균 예산으로 코펜하겐에선 하루 버티기도 힘들었다. 지갑이 얇아질수록 내 마음의 여유도 빠르게 말라갔다.

삐걱대는 연인처럼, 애초부터 나와 코펜하겐은 어울리지 않는 사이였다. 기가 잔뜩 꺾인 나는 하릴없이 도시를 터덜터덜 걸었다. 걷고 또 걷고, 그렇게 시간만 흘려보냈다.

이놈의 액세서리,
내 오늘은 내려놓는다

돌이켜보니 어제의 불운은 내 무거운 배낭에서 비롯됐다. 이놈을 짊어지고 다니느라 손목시계를 제대로 챙기지 못했고, 결국 아이패드를 트럭에 떨구고도 모르고 지나쳤다. 여정의 길잡이였던 아이패드를 잃은 뒤부터 정신은 오락가락했고, 일이 꼬이기 시작했다. 고속도로를 총알처럼 달리는 차들 사이로 무모하게 뛰어들었고, 경찰차에 덜컥 올라타야 했으며, 급기야 대형 교통사고까지 겪었다.

액세서리와의 동행은 한국에서부터였다. 여행 중 만난 이들에게 줄 선물을 사겠다며 남대문 시장을 기웃거리다 불현듯 아이디어가 떠올랐다. "여행 중에 액세서리를 팔아 경비를 충당하면 어떨까?" 곧장 액세서리 도매시장으로 발걸음을 옮겨 큐빅이 번쩍거리는 귀걸이, 머리핀, 옷핀을 30만 원어치나 사들였다. 하나하나는 별것도 아닌 것들이 뭉쳐놓으니 제법 묵직했다. 그때부터였다. 액세서리 묶음은 늘 배낭 한쪽을 떡하니 차지했고, 짐은 줄여도 줄여도 13kg 아래로 절대 내려가지 않았다. 배낭을 메고 20분만 걸어도 어깨가 내려앉았다.

5개월을 고스란히 모시고 다니던 이놈들을 이제는 내려 놓아야 했다. 더는 짊어지고 다닐 자신도 동기도 없었다. 미루고 미루던 결정을 내렸다. 오늘 저녁, 드디어 코펜하겐에서 액세서리 노점을 펼치기로 했다.

뉘하운의 한복판에
좌판을 펴다

낮 동안 시내를 돌다 보니 코펜하겐의 핫스폿, 뉘하운(신항구)이 눈에 들어왔다. 운하를 따라 알록달록한 건물들이 늘어서 있어, 코펜하겐을 대표하는 명소답게 눈길을 확 잡아끌었다. 레스토랑, 카페, 펍이 줄줄이 들어서 활기를 더했고, 해 질 무렵이면 관광객들로 북적일 게 뻔했다. 나는 이곳에서 노점을 열기로 마음먹었다. 목표는 오후 여덟 시.

저녁을 대충 때우고, 배낭 속에 잠들어 있던 액세서리들을 꺼내 짊어졌다. 오는 길엔 편의점에서 빈 박스 하나를 주워 왔다. 그 위에 홍보 문구를 끼적일 생각이었다.

뉘하운의 바닷결은 석양과 불빛을 모아 반짝이다 못해 넘실댔다. 운하 난간에 걸터앉아 맥주를 마시는 사람들, 야외 테이블에서 와인을 곁들여 저녁을 즐기는 사람들, 거리를 거닐며 여름밤을 만끽하는 사람들. 발 디딜 틈 없는 거리 전체가 축제 같았다.

나는 거리 중간쯤, 널찍한 돌기둥을 골라 좌판을 폈다. 그 위에 액세서리를 펼쳐 두면 그럴듯해 보일 것 같았다. 옆에는 화가 청년이 뉘하운 풍경을 즉석에서 수채화로 그려 팔고 있었다. 내 꼴을 힐끗 보던 청년이 말을 건넸다.

"하이, 내 이름은 안드레스야. 여기서 장사하려고? 음… 뉘하운에서는 내 그림처럼 창작품은 괜찮아. 그런데 그냥 물건만 팔면 경찰이 단속할 거야."

이미 기가 꺾인 데다 긴장까지 겹쳤는데, 안드레스가 기름을 끼얹고 있었다. 단속이라니. 각오야 했지만 시작부터 자신감이 와르르 무너졌다. 물러설 수도 없어 소심한 마음으로 좌판을 펼쳤다. 눈에 띄는 빨간 천에 액세서리를 주렁주렁 꿰어 달고, 편의점 골판지에는 볼펜으로 문구를 휘갈겼다.

"이 액세서리들은 저와 함께 히치하이킹 여행 중입니다. 지금 구하지 않으면 세상 끝까지 함께 갈 겁니다."

처음엔 초심자의 행운이 따랐다. 몇몇 관광객이 멈춰 서서 흥미를 보였다. 하지만 십 분쯤 지나자 발길은 뚝 끊겼다. 곁눈질로 흘겨볼 뿐 다들 무심히 지나쳤다. 관찰해 보니 행인들의 차림은 지극히 소박했다. 화려한 화장도, 번쩍이는 복장도 없었다. 그런 풍경 속에서 큐빅이 잔뜩 박힌 내 '여행하는 액세서리'는 유독 번쩍거렸다. 이 촌스런 반짝임이 민망하기까지 했다. 화려한 치장을 좋아하는 러시아에서 진작 팔았어야 했다며 뒤늦은 후회가 밀려왔다.

그때였다. 행인들 사이에서 경찰 두 명이 모습을 드러냈다. 남자와 여자가 짝을 이룬 순찰이었다. '아이쿠, 올 게 왔구나.' 나는 이미 액세서리를 천에 고정해 두었으니, 여차하면 둘둘 말아 도망칠 작정이었다. 그런데 경찰은 나를 보지도 않고, 둘이서만 담소를 나누며 유유히 사라졌다. 안도의 한숨이 절로 나왔다. 이후에도 경찰은 몇 번 더 나타났지만 끝내 나에게 눈길조차 주지 않았다. 그 무관심이 그렇게 고마울 수가 없었다.

액세서리 노점상의 이웃들:
안드레스, 톰, 멕시칸들

내 옆의 화가 청년 안드레스가 말했다.

"내가 여기서 그림을 그린 지 꽤 됐거든. 행인들의 옷과 구두만 봐도 오늘 장사가 될지 감이 와. 비싼 재킷이나 구두를 신은 사람일수록 그림을 사줄 확률이 높아. 저 그룹 보여? 정장을 쫙 빼입었는데 구두가 싸구려잖아. 오늘은 그림 살 만한 사람들이 안 보이네."

초짜 소심한 액세서리 장사꾼 눈에는 다 근사해 보였는데, 관록 있는 안드레스의 말에는 묘한 설득력이 있었다. 그럼 오늘은 그의 그림도, 내 액세서리도 주인을 만나기 힘들다는 건가. 두고 볼 일이었다.

삼십 분이 지나도록 액세서리를 사겠다는 이는 없었다. 경찰 단속 걱정도 덜었겠다, 손님도 없겠다, 지루함이 몰려왔다. 안드레스의 말은 들을수록 사기를 꺾었다. 나는 장사는 마음속으로 접어두고 카메라를 꺼내 들었다. 어차피 안 팔릴 거라면 관광객 모드로 변신해 사람들을 관찰하고 사진이라도 찍는 게 낫겠다 싶었다. 시간이 흐를수록 뉘하운을 무대로 살아가는 이들이 하나둘 눈에 들어왔다. 내 액세서리 노점상 이웃들이었다.

저녁 바람 속, 노점상과 그의 이웃들

첫 번째 이웃: 안드레스

이름은 안드레스, 스페인 출신의 이십대 청년으로 미술을 전공했고 거처 없이 유럽을 떠돌며 그림을 팔아 체류비를 충당했다. 코펜하겐에 머문 지도 석 달째로 이번 관광 성수기가 끝나면 스페인으로 돌아간다고 했다.

주로 뉘하운 풍경을 수채화로 그려 20유로에서 50유로 사이에 팔았다. 오늘은 장사가 안 된다고 투덜대는데도 그림은 꾸준히 팔려나갔다. '나도 그림 같은 창작을 했더라면' 부러운 마음이 들었다.

쌀쌀맞은 도시 코펜하겐에서 안드레스는 내게 처음으로 다정하게 말을 건넨 사람이었다. 저렴한 숙소, 과일을 싸게 살 수 있는 가게 같은 생활 꿀팁도 알려주었다. 처음 만났는데도 오래 알고 지낸 이웃처럼 느껴지는 게 마음 씀씀이가 다정한 친구였다.

두 번째 이웃: 톰 아저씨

덴마크는 유럽에서도 쓰레기 재활용률이 높다. 빈 병이나 캔을 반납하면 180~540원까지 돈으로 환급된다. 여행자들 사이에 "할 일 없으면 빈 병이나 주우러 다니자"는 농담이 괜히 나온 게 아니다.

뉘하운 난간은 늘 사람들로 빼곡했는데, 버려지는 빈 병
양도 엄청났다. 이 노다지 광산을 이미 장악한 사람이 있었
다. 아프리카 에리트레아 출신의 톰 아저씨. 내 왼편에 슈
퍼마켓 카트를 세워두고 빈 병을 보관했다. 톰은 단순히 빈
병을 줍기만 하는 수동적인 비즈니스맨이 아니었다. 음료
를 마시는 사람을 보면 다가가 씩씩하게 말했다. "다 마셨
니? 빈 병은 나한테 줘야 해!" 프로 빈 병 수집러였다. 당황
한 관광객들은 남은 음료를 급히 들이키거나, 미처 다 마시
지도 못한 병을 내밀곤 했다. 그럼 톰은 신난 얼굴로 남은
음료를 들이켰다. 병을 줍는 그의 몸짓에는 흥이 넘쳤고,
보고 있으면 절로 웃음이 났다.

톰은 자신이 모아 놓은 빈 병 꾸러미를 행여라도 누군가
훔쳐갈까봐 노심초사했다. 병 수집 원정을 떠날 때면 "내
카트 좀 잘 지켜 달라"고 나에게 신신당부를 해 왔다. 나는
그 놈의 액세서리보다 톰의 빈 병에 더 신경을 쓰게 됐다.

잔뜩 빈 병을 모아온 톰이 물었다.

"헤이 썬, 좀 팔았니?"

"아니, 아직이요."

멋쩍게 대답하는 내게 다시 톰은 말했다.

"헤이, 노 워리. 사람들이 곧 올 거야."

유쾌하고 긍정적인 위로에 고맙다는 인사를 건네자, 그가 활짝 웃으며 덧붙였다.

"고맙긴 뭘. 이제 우리는 가족이야, 넌 내 시스터고!(now we family, you my sister!)"

8,000km 떨어진 아시아에서 온 나에게, 5,000km 떨어진 아프리카에서 브라더가 생겼다. 그것도 코펜하겐 길바닥에서.

세 번째 이웃: 멕시코 아주머니들

여전히 내 액세서리에는 무관심인 행인들 틈에서 어느 순간 번쩍번쩍 빛이 나는가 싶더니 아주머니 두 명이 나타났다. 이들은 중절모와 형광봉을 팔고 있었다. 머리와 손에 모자를 겹겹이 이고 진 모습은 마치 곡예단 같았다.

그들은 수줍은 미소로 다가와 내 액세서리를 찬찬히 살펴보다가, 더 환한 웃음을 남기고 떠났다. 안드레스가 귀띔했다.

"저 사람들 멕시코에서 왔어. 영어는 못 해."

그 후에도 아주머니들은 내 앞을 지날 때마다 웃으며 내 장사 상황을 살폈다. 말 한마디 못 주고받았지만, 그 미소 하나로 마음이 따뜻해졌다.

나를 울린 20달러

바닷바람이 차가워졌다. 거리를 오가던 행인도 하나둘 사라졌다. 시계를 보니 밤 열 시. 이제 장사를 접을 시간이었다. 소심한 액세서리 노점상이라 첫 개시도 못 했지만, 노점을 펼친 것만으로도 위안을 삼았다. 안드레스가 작별 인사를 건넸다.

"썬, 내일도 나올 거지? 내일 봐."

"응, 내일 여덟 시쯤!"

나는 빈손으로 돌아가지만 내일은 다르리라 다짐하며 가방을 둘러멨다.

그때 등 뒤에서 누군가 부르는 소리가 들렸다.

"저기요, 잠시만 와 보실래요?"

레스토랑 야외 테이블에 앉아 있던 반백의 중년 신사였다. 가족과 함께 와인잔을 앞에 두고 있었다. 내가 의아해하며 다가가자 그가 나를 향해 무언가를 내밀었다.

"이거 받아요."

엉겁결에 받아 들고 보니 미화 20달러였다. 당황한 나는 더듬거렸다.

"감… 감사합니다. 그런데, 저, 액세서리를 좀 드릴게요."

가방을 열려는 내 손을 아저씨가 제지했다. 괜찮다고, 필요 없다고. 마침 후드점퍼에 꽂아 둔 옷핀 두 개가 눈에 들어왔다. 그걸 테이블 위에 올리며 말했다.

"그럼 이거라도 받아주세요."

아저씨는 미소 지으며 고개를 끄덕였다. 나는 황망하고 감격스럽고 부끄럽고 어쩔 줄 모르는 심경이 되어 얼른 자리를 벗어났다.

'나를 지켜보고 있었던 걸까. 빈손으로 돌아가는 게 안쓰러웠나. 왜 갑자기 돈을 준 거지.'

두서없는 생각들이 꼬리를 물었다. 이유야 어쨌든, 나는 더 이상 빈손이 아니었다. 액세서리를 팔진 못했지만, 어쨌거나 20달러를 번 셈이었다.

바닷바람이 내 등을 떠밀어 한결 수월하게 숙소로 터덜터덜 돌아가던 길이었다. 오늘 만났던 이웃들이 내게 쏟아 준 마음들이 하나씩 둘씩 떠올랐다. 특히 톰 아저씨의 일에 쏟던 열정과 그 스웩 넘치던 몸짓이 떠오르자 웃음이 피식 나왔다. 그리고 내 오른손엔 꼬깃한 지폐가 여전히 쥐어져 있었다. '내가 이걸 받아도 되나' 하는 생각에 차마 주머니에 넣지 못하고 있었다. 발걸음을 잠시 멈추고 손바닥을 펼쳐 지폐를 쳐다보았다. 바닷바람이 차갑다 느껴지나 싶더니 갑자기 눈물이 후드득 쏟아졌다.

코펜하겐에서 그 어느 때보다 외롭고 기운 빠진 시간을 보내던 중이었다. 교통사고 후유증으로 심장은 수시로 두근거렸다. 이 차가운 도시에서 기댈 곳 하나 없다고 느꼈다. 숙소는 이미 만석이라 내일 잠잘 곳조차 불투명했다. 도시는 여전히 환하고 활기찼지만, 그럴수록 나는 더 초라했다.

액세서리를 팔지 못했지만, 뉘하운 거리에서 만난 이웃들의 따뜻한 마음을 얻었다. 그리고 빈손으로 돌아서던 순간, 낯선 이가 건넨 지폐 한 장이 텅 빈 손을 채우고, 용기를 잃은 마음에 숨을 불어넣었다.

V. 돌아보다_운명을

난감한 밤이 완벽한 밤으로

위험한 날이 운수 좋은 날로

나도르 가는 길

난감한 밤이
완벽한 밤으로

바르샤바를 떠나
크라쿠르로 가는 길

7월 중순 월요일, 바르샤바를 등지고 크라쿠프로 향했다. 바르샤바는 2차 세계대전 후 재건한 도시였다. 새로 세운 빌딩들이 유리 가면을 쓴 듯 번쩍거렸다. 자연스레 나는 서울 강남의 출근길을 떠올렸다. 바르샤바는 반듯하고 효율적인 도시였지만, 내 걸음엔 영 맞지 않았다. 어딘가 숨이 막혔다.

반면 크라쿠프는 오래된 벽과 젊은 숨이 섞인 도시였다. 구도심이 세계유산으로 묶여 있고, 주변에는 아우슈비츠

와 소금광산이 자리했다. 폴란드 친구들은 하나같이 "그곳부터 가야 해"라며 손가락을 세웠다. 나도 그러기로 했다. 물론 이번에도 히치하이킹으로.

도심에서 외곽 포인트까지 약 6km. 구경 삼아 걷기로 했다. 길은 포장이 제멋대로였고, 배낭은 어깨를 짓눌러서 걷는 자체가 고역이었다. 이내 소나기까지 쏟아져 발이 묶였다. '해가 떠 있을 때만 손을 들자' 다짐했는데, 비가 그치길 기다리다 두 시간을 흘려보냈다. 배까지 고파지자 머리가 멍해졌다.

오후 세 시가 넘어서야 히치 포인트에 닿았다. 하지만 차가 설 만한 여유공간이 없었다. 자리를 바꿔도 사정은 같았다. 결국 횡단보도 앞에서 사인카드를 쳐들었다. 한 시간이 지나서야 검은 세단이 경적을 짧게 울렸다. 신호가 바뀔세라 나는 문을 열고 올라탔다.

"여긴 차가 너무 많아서 잡기 힘들어요. 내려줄 만한 지점까지 데려다줄게요."

운전자는 영어가 또렷한 50대 남성이었다. 그는 독일계 제약회사 대표라고 자신을 소개했다.

방향이 달랐는데도 일부러 차를 세워 나를 태웠다. 젊을 때 히치하이킹을 자주 했다며, 길 위의 손짓을 그냥 지나치지 못한다고 웃었다. 어설픈 히치하이커인 나는 이런 선배들에게 번번이 구조되었다.

십여 분 달려 삼거리에 선 그는 "여긴 직진 차량이 속도를 줄이니 여기서 잡아봐요."라며, 선한 미소를 남긴 채 우회전해 조용히 사라졌다.

나는 아직도 바르샤바

시작이 반이라 믿고 첫 차를 잡자 자신감이 붙었다. 금방이라도 크라쿠프행을 탈 것 같았지만 여전히 차는 서지 않았고 시간만 흘렀다. 여태 히치를 하며 겪은 가장 긴 기다림이었다. 희망이 사라질 즈음 승용차 한 대가 서더니 창문을 내리고 외쳤다.

"헤이! 어서 타 어서! 가다가 내려줄게."

한눈에도 쾌활한 남자였다. 이름은 사만드, 이집트에서 이주해 온 30대 남자였다.

"사실 아까 지나치며 너를 봤어. 폴란드에서 히치하이킹하긴 진짜 어려워. 네가 안 돼 보여서 되돌아온 거 알지."

그는 도로가에 선 내 얼굴을 보고 '쟤 오늘 하루 종일 저

러고 서 있겠구나' 싶어 길을 돌아왔다고 했다. 폴란드에 온 지 5년이 넘었다는 그는 사람들도 폐쇄적이고, 생활도 일도 쉽지 않다고 했다. 히치하이킹은 더 어렵다고. 뜻밖의 공감을 듣자 왠지 울컥했다.

사만드는 끝까지 친절했다. 혼자 떠도는 히치하이커를 돕고 싶다며 먹다 남긴 햄버거까지 내밀었다. 하마터면 손이 나갈 뻔했지만 "아니야, 너 먹어." 그 한마디로 간신히 체면을 지켰다.

그는 한적한 국도변 버스정류장 앞에 차를 세웠다.

"여기가 최고 포인트야. 굿 럭, 친구!"

아무 대가 없이 도와주고 쿨하게 돌아서는 마음, 그건 언제 봐도 감동이었다. 사만드 같은 사람들이 있어서 나는 길 위를 계속 걸어갈 수 있었다.

정류장 앞 갓길은 널찍했고, 전방의 횡단보도 신호에 맞춰 차들이 일정 간격으로 멈췄다. 조건은 완벽해 보였다. 그런데 이번에도 차는 서지 않았다. 정류장과 횡단보도 사이를 오가며 자리를 바꿔봤지만 결과는 같았다. 갈 길은 200km가 넘었고, 해는 곧 기울 기세였다. 여기서 못 잡으면 도로 아래 벌판에서 묵어가자고 마음을 정했다.

포기하니 오히려 편안해졌다. 초조도 안달도 가라앉고,

대신 묘한 초연이 스며들었다. '크라쿠프'라고 적힌 사인카드를 내려놓고 벤치에 퍼지듯 앉았다. 이따금 고개를 들어 스쳐 가는 차를 바라보며, 오늘은 안 되겠다고 담담히 인정했다.

크라쿠프 당일 도착 계획은 이미 틀어졌다. 그래도 그간 내가 얼마나 운 좋게 달려왔는지 떠올렸다. 히치하이킹을 시작한 지 3주, 초심자의 행운이 바닥날 때가 됐다고 중얼거리던 그때- 클락션이 빵 하고 울렸다. 설마? 배낭을 들쳐메고 부리나케 달려갔다. 빨간 스포츠카가 기다리고 있었다.

빨간 스포츠카
레이싱

운전자는 중년 남자였다. 영어는 서툴렀지만 필요한 말은 통했다. 목적지는 키엘체. 방향이 같으니 100km쯤 태워줄 수 있다고 했다. 해가 기울 무렵에야 비로소 히치하이킹다운 히치가 시작됐다. 마침내 바르샤바를 벗어났다는 사실만으로도 감격스러웠다.

안전벨트를 채우자 차가 미끄러지듯 출발했다. 여유가 생기자 그제야 운전자의 외모가 눈에 들어왔다. 민소매에 청조끼, 우람한 몸집, 뒤로 묶은 긴 머리. 새빨간 스포츠카와 어울리니 액션 영화 속 악당 캐릭터가 따로 없었다. 괜히 어깨에 힘이 들어갔다.

대시보드 아래에서 무전기가 지직거렸다. '경찰인가, 마피아인가' 싶었지만 곧 알았다. 운전자들이 실시간으로 교통 상황을 공유하는 무전망이었다. "단속 떴어요, 조심하세요." "막히나요?" 채널마다 그런 대화가 오갔다.

긴장이 스르륵 풀리자 나는 아저씨에게 폴란드어를 몇 마디 가르쳐 달라고 부탁했다. 그는 의외로 열정적인 선생이었다. 내가 숫자와 인사를 더듬거리자, 그는 무전기에 대고 나를 소개하더니 기기를 내 손에 쥐여줬다.

"안녕하세요. 제 이름은 커선입니다. 하나, 둘, 셋… 감사합니다."

엉성한 발음이 흘러나가자 채널 여기저기서 웃음이 터졌다. 나는 영어로 인사를 이어가며 함께 웃었다. 낯선 고속도로 위에서, 그 짧은 웃음이 길 위의 피로를 풀어줄 듯 반가웠다.

고속도로로 들어서자 아저씨는 점점 속도를 올렸다. 계

기판 바늘이 훌쩍 뛰더니 시속 240km를 찍었다. 완만한 비탈을 넘을 때마다 차가 들썩였고, 나는 손잡이를 더 꽉 쥐었다.

"무섭니?" 그는 내 얼굴을 보고 속도를 살짝 늦췄다.

"아니요, 재밌기만 한데요."

그는 껄껄 웃더니 다시 가속페달을 밟았다. 빨간 스포츠카는 공기를 가르며 달렸다. 생각지 못한 일을 만나는 재미, 그게 히치의 묘미였다.

키엘체 외곽에 닿자 그는 시내로 빠져야 한다고 말했다.

"곧 어두워질 텐데, 시내에서 숙소를 찾고 쉬는 게 어떻니? 시내까지 태워주마."

잠시 거리와 시간을 재봤다. 해 지기 전이라면 크라쿠프까지 닿을 수도 있겠다고 판단했다. 언제나 그렇듯, 약간의 희망이라고 비추면 나는 금세 낙관으로 기울었다. 그는 갓길에 차를 세우고 나를 내려주고서 고속도로로 빠져나갔다. 고속도로 히치하이킹이 금지된 나라가 많았지만 폴란드에선 괜찮다고 했다. 나는 다시 표지를 들고 널찍한 갓길에 섰다.

해가 지고 길이
꼬였다

자동차는 간간이 지나갔지만 속도는 미친 듯이 빨랐다. 운전자가 나를 볼 리 없을 정도였다. 히치 포인트를 네 번이나 옮겼지만 결과는 같았다. 이곳, 이 시간에 크라쿠프로 향하는 차를 잡기 어렵다는 사실을 인정했다. 그제야 시내로 갔어야 했다며 후회를 삼켰다.

한 시간이 지나자 해가 수평선으로 기울었다. '마지막으로 십 분만' 그렇게 버텼지만 아무 일도 일어나지 않았다. 결국 고속도로를 벗어나기로 결심했다. 차가 끊기는 틈을 타 차선을 건너 좁은 철계단을 찾아 내려섰다. 중앙분리대에 막히자 개울을 따라 난 산책로로 우회했다. 덤불을 헤치고 다시 위로 기어올랐을 때, 붉은 저녁빛이 퍼지며 어둠이 완연히 내려앉아 있었다.

도로를 벗어나자 한숨이 먼저 나왔다. 땀을 훔치고 GPS 지도를 켰다. 주변을 훑으니 1~2km 떨어진 곳에 집 몇 채가 모여 있었다. 첨탑이 보이는 건물 하나가 성당처럼 보였다.

숙소가 없어도 처마 밑에서 비만 피하면 되겠다고, 그쪽으로 발을 돌렸다.

마을 어귀로 접어들자 왼편에 정갈한 전원주택이 눈에 들어왔다. 낮은 담장과 파란 잔디, 나무 사이에 걸린 그네까지, 그림처럼 고요했다. 빈집인가 했는데 작은 창틈에서 불빛이 새어 나왔다. '저 정원에서 하룻밤 보낼 수 있으면 좋겠다'는 생각이 절로 들었다. 지금 내게는 이슬을 막아줄 지붕이면 족했다. 그래도 욕심이 있다면 안전이었다. 울타리와 벽이 있는 삶이 이토록 부럽다니. 몸 하나 뉘일 따뜻한 공간이 얼마나 큰 행복인지, 밤길 위에서야 비로소 또렷이 알았다.

문 앞의 인연

성당까지는 아직 이삼십 분쯤 더 걸어야 했다. 맞은편에서 백발의 할아버지와 하얀 북슬북슬 강아지 한 마리가 다가왔다. 나는 강아지에게 "안녕, 안녕" 하고 손을 흔들며 지나쳤다. 그런데 반 박자 늦게, 무언가에 이끌리듯 뒤돌아섰다.

"쯔셰슈츠(안녕하세요)!" 폴란드어로 인사를 건넸다가, 곧

"저기… 잠깐 말씀 좀 여쭐게요" 하고 영어로 덧붙였다. 할아버지는 어리둥절한 표정으로 고개를 갸웃했다. 혹시나 싶어 이번엔 러시아어로 말했다. "이즈비니쩨, 빠졸루스타. 모쥐나 스쁘라시쯔?" 그러자 할아버지가 폴란드어로 또렷이 답했다. 말은 달랐지만, 이상하게 뜻은 통했다.

나는 묵을 곳과 성당 위치를 물었다. 성당은 있다 했고, 숙박은 확실치 않다 했다. 그대로 돌아서려다 문득 아까 본 정원을 가리키며 조심스레 말했다.

"그런데… 저 집에 혹시 사람이 살까요? 제가 히치하이킹을 하다 날이 저물어서요. 침낭이 있으니, 가능하다면 정원에서 하룻밤만 신세 지고 싶어서요."

할아버지는 놀란 얼굴로 나를 한 번 훑어보더니, 잠깐 기다리라는 손짓을 남기고 강아지와 함께 대문 안으로 사라졌다.

알고 보니, 그는 집주인이었다. 일이 잘 풀리려나 내심 기대감이 차 올랐다. 나는 문 앞에 서서 초조하게 시간을 세었다. 이미 밤 열 시가 가까웠고, 주변은 깜깜했다. 혹시 '기다리라'는 말을 내가 '그만 가라'로 잘못 알아들은 건 아닐까? 마음이 살짝 흔들릴 즈음—대문이 천천히 열렸다. 할아버지가 나와서 고개를 끄덕였다. 안으로 들어오라는,

막막함을 단숨에 걷어낸 희소식이었다.

정원에서 시작된 밤

대문을 넘자 넓은 마당이 열렸고, 집이 두 채가 서 있었다. 할아버지는 본채를 지나 별채로 나를 데려갔다. 안에는 할머니가 따뜻한 홍차와 토마토 샌드위치를 권했다. 하루 종일 제대로 먹지 못했다는 걸 그제야 깨달았다. 버터 바른 빵 위 토마토 한 조각뿐인데, 여태껏 먹은 샌드위치 중 제일 맛있었다. 곧 본채에 사는 딸이 온다고 했다.

잠시 뒤 금발의 우아한 여인이 나타났다. 이름은 아그네스. 그녀와는 영어가 통했다. 나는 왜 여기 신세를 지게 됐는지 짧게 설명했다.

"저는 정원에서 자면 돼요. 저기 그네의자가 있던데, 벤치만 빌려주셔도 감사해요."

거실이 넉넉해 보였지만, 마음 편하게 벤치를 택했다.

욕실에서 간단히 씻고, 침낭을 꺼내 능금나무 아래 벤치에 누웠다. 길과 담장 하나 사이인데도 이상하리만큼 안전하게 느껴졌다. 오늘 크라쿠프는 놓쳤지만, 잠자리를 찾았다는 안도감이 몸을 덮었다.

"혹시 오늘 밤 비가 올지도 몰라요. 비가 오면 저기 차고로 들어가서 자면 돼요. 거기에도 의자가 있어요."

아그네스는 거듭 괜찮겠냐고 물었다. 나는 이보다 좋을 수 없다고 웃었다.

후드득, 소리에 눈을 떴다. 빗방울이 벤치를 두드리고 있었다. 헤드랜턴을 켜고 재빨리 짐을 싸서 차고로 옮겼다. 안락의자가 있었지만 공기가 탁했다. 페인트와 기름 냄새가 코끝을 찔렀다. 그래도 침낭을 펴고 다시 누웠다. 바깥보다 한결 포근했다. 잠시 뒤, 아그네스가 램프를 들고 들어왔다.

"비가 와서 나와봤어요."

그녀는 내 잠자리를 살피더니 곧 담요와 보온병을 들고 돌아왔다. 마당에 주차된 SUV 뒷문을 열며 말했다.

"아무래도 차고보다 여기서 자는 게 더 나을 거예요."

그녀는 뒷좌석에 담요를 깔고 잠자리를 만들어 주었다. 나는 그 안으로 들어가 담요를 덮고, 따뜻한 차를 옆에 둔 채 눈을 감았다. 자정이 가까웠다. 하루 종일 예상 밖의 일들이 이어졌고, 그 끝은 이름 모를 마을의 정원에 놓인 차의 뒷좌석이었다. 오늘도 길 위의 사람들 덕분에 무사히 하루가 갔다. 모든 분에게 마음으로 감사함을 전하며 잠 속으로 빠져들었다.

완벽한 밤,
더 완벽한 아침

똑똑똑.

차 문 두드리는 소리에 눈을 떴다. 잠결에 여기 어디인가 잠시 헤맸다. 문밖엔 작은 여자아이가 서 있었고, 내가 눈을 뜨자 쏜살같이 집 안으로 달려갔다. 비 온 뒤의 시원한 아침 공기를 마시며 한참을 뭉그적거렸다.

"잘 잤어요? 집에 들어와서 샤워하고 아침 먹어요."

잠깐 눈을 붙였나 싶었는데 벌써 7시 반을 넘긴 시각이었다. 나는 급히 자리를 정리하고 아그네스가 손짓을 따라 본채로 들어갔다.

"남편은 벌써 출근했어요. 여덟 살 딸아이는 오늘부터 캠프라서 일찍 나갔고요. 집에 아무도 없으니까 편하게 씻어도 돼요. 샴푸랑 수건은 욕실에 둬 놨어요."

넓은 욕실에서 따뜻한 물을 맞으니 밤의 피로가 빠르게

풀렸다.

깨끗한 옷으로 갈아입고 거실로 나오자, 식탁 위에 아침이 환하게 펼쳐져 있었다. 바게트와 버터, 치즈와 요거트, 잘게 썬 과일과 채소, 케이크 한 조각. 아그네스는 과일과 채소를 듬뿍 넣은 주스를 건네고, 커피머신은 낮게 윙—소리를 내며 라테를 뽑았다. 나는 고개를 끄덕이며 접시를 하나씩 비워갔다.

아그네스는 내 여행 이야기를 좋아했다. 그녀는 자신이 만나본 첫 한국인이 나라며 반가워했고, 딸아이도 분명 좋아했을 거라며 못내 아쉬워했다.

"아침에 집을 나서며 차 안에 누워 있는 손님이 궁금해서 깨워보자길래, 내가 말렸어요."

그녀의 남편도 나를 만나고 싶어 했지만, 일찍 출근해서 아쉬워했단다. 아그네스는 인테리어 디자이너였다. 고객과 약속 시간이 다가온다며 시계를 흘끔 봤다. 우리는 서둘러 나갈 채비를 했다.

"가는 길에 먹어요."

아그네스는 생수와 주스, 과일과 초콜릿, 에너지바와 케이크를 한아름 챙겨 내 배낭을 가득 채워 주었다.

"크라쿠프 갔다가 시간이 되면 다시 들러줘요. 딸이 무

척 좋아할 거예요. 그땐 집 안에 따뜻한 데서 재워 줄게요."

그 말에 가슴이 뜨끈했다. 다시 오고 싶지만, 히치하이킹으로 유명 도시에 닿는 일도 벅찬데 이름 모를 이 마을을 어떻게 다시 찾을 수 있을까. 아그네스는 고속도로 갓길에 나를 내려주고 손을 흔들며 일터로 향했다. 급히 나오느라 어젯밤 도움을 준 할아버지 내외분께 인사를 못 드린 게 내심 마음에 걸렸다.

마치 꿈만 같던 지난밤이었다. 해가 지고 낯선 곳에 떨어진 그 밤, 내 작은 소망이 기적처럼 이루어진 밤이었다. 아름다운 정원 딸린 집에서 안전한 하룻밤을 보내고, 아침엔 샤워와 따뜻한 식탁으로 몸과 마음을 채웠다. 가장 난감했던 밤이 이렇게 완벽한 밤과 아침으로 바뀌는 걸 보며, 앞으로의 여정도 어떻게든 열리리라 믿게 되었다.

길바닥 인생을 웃게 한, 완벽한 아침식사

위험한 날이
운수 좋은 날로

굿바이 코펜하겐:
벗어나고 싶은 도시

덴마크 수도 코펜하겐을 떠나 노르웨이의 웅장한 자연을 보고 싶었다. 그러나 도중에 아이패드를 잃어버렸다. GPS 없는 여행은 상상하기조차 힘들었다. 여행책자도, 종이 지도도 없었다.

히치하이킹으로 북유럽을 가로지르겠다는 계획이 그 순간 흔들렸다. 그렇다고 석 달째 이어온 유럽 여정을 멈출 수는 없었다. 바다가 앞을 가로막을 때까지, 갈 수 있는 만큼 가보기로 했다. 도시가 촘촘히 이어진 스웨덴이라면 지도 없이도 어떻게든 버틸 수 있을 것 같았다.

원래 계획은 노르웨이를 거쳐 이후 인도의 명상센터에서 만난 친구 릴라의 도시로 가는 거였다. 하지만 릴라는 출장 중이었고, 결국 노르웨이도, 릴라도 건너뛴 채 곧장 스톡홀름으로 향했다.

이튿날 아침, 여전히 앞길은 두려웠지만 코펜하겐을 벗어나는 기분만큼은 속 시원했다. 어렵게 도착했지만 이곳은 히치하이커를 품어줄 여유가 없는 도시였다. 비싼 물가, 북적이는 관광객, 쓰레기 쌓인 거리, 좁고 시끄러운 분위기까지—머무는 내내 마음이 불안했다. 코펜하겐이라는 도시와 나는 끝내 맞지 않았다. 빨리 떠나야 했다.

지하철을 타고 히치하이킹 포인트에 도착하자, 어느새 다른 히치하이커들이 하나둘 모여들었다. 다섯 명이 어색하게 서성댔지만 차는 좀처럼 잡히지 않았다. 한 시간이 지나서야 마음씨 좋아 보이는 노부부의 차 한 대가 멈췄다. 목적지가 스웨덴의 말뫼라는 소리에 네 명이 순식간에 달려가 몸을 구겨 넣었다. 드디어 나도 코펜하겐을 벗어날 수 있었다.

'굿바이, 코펜하겐. 우리 다시 만나지 말자.'

또라이 운전자를 만나다

말뫼는 한때 조선업으로 번성했지만, 쇠락을 겪은 도시였다. 지금은 덴마크와 스웨덴을 잇는 교통의 요지로 다시 활기를 띠고 있었다. 운만 좋다면 이곳에서 스톡홀름으로 곧장 가는 차를 잡을 수 있을 터였다.

히치위키에 소개된 핫스폿, 맥도날드 앞은 이미 히치하이커들로 붐볐다. 이만큼 많은 동지를 한자리에서 본 건 처음이었다. 괜히 그들의 면면을 훑으며 신기해했다. 스웨덴은 교통비가 비싸고 치안이 안정된 탓인지, 히치하이커들이 흔했다. 학생, 휴가중인 직장인, 여행자들까지. 이곳에선 히치하이킹이 그저 일상의 풍경 같았다.

그러나 그 많던 사람들은 하나둘 차를 얻어 떠나갔고, 남은 건 나뿐이었다. '스톡홀름'이라는 글자가 부담스러웠을까. 거리가 멀다 보니 선뜻 태워주는 운전자가 없었다. 사인카드를 숨겨도 결과는 같았다. 시간은 흘러가고 조바심이 쌓여갔다. 그때 검은 승용차 한 대가 멈췄다. 덥수룩한 수염의 중년 남자와 옆자리 소년. 부자지간으로 보여 안심했다. 낡은 차도 대수롭지 않게 넘겼다. 트렁크에 배낭을 던져 넣고 서둘러 차에 올랐다.

출발한 지 얼마 지나지 않아 이상한 낌새가 느껴졌다. 고속도로에 들어섰는데도 속도는 시속 70km에도 못 미쳤다. 운전자는 연신 콜라를 들이켰고, 떨리는 손끝이 중독자처럼 보였다. 보스니아 출신이라 했다. 낡은 차 안, 허름한 옷차림, 기묘한 침묵. 집시 같았다. 운전자는 알아듣기도 힘든 영어로 질문을 퍼부었다.

"스톡홀름에 왜 가?" "남자친구 있어?" "누가 비행기표를 사줬어?"

횡설수설한 질문이 5분 간격으로 반복됐다. 처음엔 웃어넘기다 곧 짜증이 났다. 그때, 그가 돌연 물었다.

"우리 집에 안 갈래?"

단호하게 거절했다.

하지만 그는 또 물었다.

"우리 집에 오라니까."

단호하게 끊어야 했다.

"안 간다니까. 너희 집에 안 가. 그리고 무례하게 들리니까 사생활은 그만 물어."

운전자는 헐, 쳇을 내뱉더니 백미러를 흘끗 보고 말했다.

"야, 내려."

차라리 잘 됐다. 정신이 온전치 못한 자들과 더 가는 건 위험했다.

"오케이, 내린다 내려!"

호기롭게 말은 했지만 여기는 고속도로 한복판이었다. 그래도 설마 휴게소쯤 세우겠지 했는데 오산이었다. 차는 급브레이크를 밟으며 1차선 지선에 정차했다. 운전자는 소년을 돌아보며 한마디 했다.

"가방."

소년은 무표정하게 트렁크를 열더니 내 배낭을 꺼내 길바닥에 던졌다. 소년은 앙상한 몸으로 힘겹게 차에 다시 올라탔고, 차는 그대로 사라졌다. 고속도로 한가운데, 나는 짐과 함께 내동댕이쳐졌다. 짐이라도 돌려받은 게 다행이었다. 운 없는 하루치고는 그나마 운이 좋은 결말이었다.

고속도로에서 탈출하기

진짜 큰일이구나 싶었다. 스톡홀름까지는 600km가 남았는데 해는 이미 기울기 시작했다. 더구나 여기는 갓길도 없는 고속도로 한복판이었다. 정차도, 보행도 금지된 곳에서 정체 모를 히치하이커를 태워줄 운전자가 있을 리 없었다.

시속 100km로 달리는 차 옆을 걷는다는 건 거의 자살 행위였다.

GPS가 없으니 내가 어디쯤 있는지, 다음 휴게소가 어디인지 알 수 없었다. 얼굴이 달아오르고 이마와 손바닥에 식은땀이 번졌다. '이대로 고속도로 지박령이 될 수는 없지.' 가든가, 말든가, 뭐라도 결정을 내려야 했다. 잠시 멈춰 서서 숨을 고르고, 결심했다.

'지금 내가 할 수 있는 건, 여기서 다른 차를 잡는 것뿐이다. 일단 휴게소까지만 가자. 거기서 다른 방법을 찾자.'

나머지는 운에 맡기기로 했다. 이번엔 몸과 정신이 온전한 운전자를 만나기를, 아니, 그냥 일단 이 미친 도로만 벗어나게 해달라고 빌었다.

나는 도로에서 물러나 흙과 풀이 밟히는 가장자리로 내려섰다. 스톡홀름이고 뭐고, 지금은 탈출이 먼저였다. 스톡홀름 사인카드를 버리고 엄지를 힘껏 치켜들었다. 속으로 중얼거렸다.

'누가 좀 도와주세요. 제발.'

팔을 머리 위로 치켜든 지 오 분쯤 지났을까. 어깨부터 저 릿저릿했다. 상황이 다급해도 통증은 어쩔 수 없었다. '잠 깐 내릴까?' 고민하던 그 순간, 언덕 너머로 회색 승용차 한 대가 시야에 들어왔다.

'차다, 드디어 차다. 잡아야 한다.'

심장이 요동쳤다. 그때 차가 전조등을 연속으로 깜빡였 다. 나를 본 걸까? 신호를 보내는 걸까? 믿기지 않았다.

회색 승용차는 속도를 줄이며 내 앞에 거짓말처럼 멈췄 다. 보조석 창이 내려가고, 아름다운 얼굴의 여성이 고개를 내밀었다. 그 미소 하나에 안도감이 파도처럼 밀려왔다. 나 는 허둥지둥 부탁했다.

"사정이 있어서 그런데… 다음 휴게소까지만 태워주실 수 있나요?"

여성은 그윽하게 웃으며 고개를 끄덕였다.

그때 운전석 문이 열렸다. 은발의 중년 남자가 내려 트 렁크를 열고 내 배낭을 받아 정리해 넣었다.

"뒷좌석에 타세요."

차분한 목소리에 긴장이 스르르 풀렸다. 문을 열자 여덟 아홉 살쯤 된 소년이 앉아 있었다. 오뚝한 콧날, 커다란 눈망울. 영화 속 주인공처럼 예쁜 얼굴이었다. 이들이 가족임을 한눈에 알 수 있었다. 이보다 더 안전한 차가 있을까. 안도의 웃음이 절로 터져 나왔다.

나는 급히 내 사정을 설명하며 말했다.

"정말 잠깐만 태워주셔도 돼요."

히치하이커가 아니라 괜찮은 동승자로 보이고 싶어 최대한 또박또박, 상냥하게 영어를 골라 말했다.

"그나저나 지금 어디로 가는 길이세요?"

아주머니의 대답이 귀를 때렸다.

"지금 우리는 스톡홀름으로 가고 있어요."

지금 우리는
스톡홀름으로 간다

"지금 우리는 스톡홀름으로 가고 있어요."

아주머니의 한마디에 내 목적지는 순식간에 바뀌었다. 휴게소가 아니라, 스톡홀름. 이 가족과 함께라면 무사히 닿을 수 있을 것 같았다. 기쁨이 넘실대며 차올랐다.

그들은 친구를 만나기 위해 스톡홀름 인근 솔나로 향하는 길이었다. 해가 지기 전 도착할 수 있다는 말에 마음이 들썩였다. 불과 10분 전만 해도 절망 한가운데 서 있던 내가 지금은 깃털처럼 가벼웠다. 냉탕과 온탕을 오가는 하루, 가장 위험한 날이, 가장 운수 좋은 날로 바뀌는 순간이었다.

아주머니가 샌드위치와 바나나, 물을 내밀었다. 긴장이 풀리자 허기가 몰려왔다. 나는 거리낌 없이 음식을 받아들었다. 허겁지겁 먹는 나를 보며 아주머니가 자꾸만 먹거리를 챙겨주었다.

원래 그들은 이란 출신이었다. 20여 년 전, 기자였던 아저씨는 정치적 망명 끝에 네덜란드에 정착했다. 지금은 중고차 매매업을 하고 있었다. 큰아들은 이미 성인이 되었고, 내 옆자리에 앉은 카림은 늦둥이 막내였다.

"오늘은 원래 반대 방향으로 가던 길이었어요. 오늘 아침 스톡홀름에서 출발했는데, 친구가 갑자기 솔나에 도착했다는 연락을 받았거든요. 그래서 다시 되돌아가는 중이었어요."

인생이란 게, 이렇게도 교차하는 거구나 싶었다.

아저씨는 사진 찍기를 거절했다. 망명자로 살아온 세월의 그늘이 아직 남아 있었다. 대신 담담히 말했다.

"우리 가족은 종교를 두지 않아요. 종교가 사람보다 앞설 순 없다고 생각하거든요."

신을 믿되, 사람을 먼저 믿는다는 그 말에 나도 고개를 끄덕였다. 잠시 침묵이 흘렀다. 이어 그는, 고속도로에서 나를 발견했을 때 이야기를 꺼냈다.

"처음 당신을 태우자고 한 건 아내였어요. 위험해 보여서 그냥 지나칠 수 없었죠."

아주머니가 뒤돌아보며 미소 지었다.

그리고 그들은 자신들의 지난날을 들려주었다.

"우리는 위험을 무릅쓰고 이란을 떠났어요. 천신만고 끝에 네덜란드에 도착했지만 그때는 가진 게 아무것도 없었어요. 무일푼이었죠. 많은 사람들이 우리를 도왔고, 그 덕분에 지금의 삶을 살고 있죠. 나는 네덜란드를 정말 사랑해요. 내 이웃들은 최곱니다."

아주머니가 고개를 끄덕이며 말을 보탰다.

"당신을 보자마자, 우리가 처음 그 도움을 받았을 때가 생각났어요. 그때 내민 손 하나가 우리를 살렸어요. 그래서 그냥 지나칠 수 없었어요."

파보나치 수열처럼 돌고 돌아 커지는, 친절

친절은 어떻게 이어지는가

여태껏 이렇게 편안한 마음으로 히치하이킹을 한 적이 없었다. 마치 내 가족과 함께 짧은 여행을 떠난 것 같았다. 카림과 장난을 치며 웃었고, 아저씨와는 사업 이야기를, 아주머니와는 가벼운 농담을 주고받으며 드라이브를 즐겼다.

저녁 7시, 해는 여전히 밝았고 드디어 스톡홀름에 도착했다. 아저씨 내외는 약속에 늦으면서도 끝까지 나를 챙겼다. 내가 예약한 스톡홀름에서 가장 저렴하고 가장 허름한 숙소 앞까지 데려다주며 마지막 인사를 건넸다. 감동은 차오르다 못해 넘친 지 오래라, 감사하다는 말조차 어색했다.

"괜찮아요. 우리가 오늘 도울 수 있었던 건, 예전에 우리가 도움을 받았기 때문이에요."

가장 위험했던 순간이 믿기 힘든 운수 좋은 날로 바뀌었다. 오래전 누군가가 카림의 부모에게 건넨 손길이 마침내 나에게까지 이어졌다. 친절은 주고받는 데서 끝나지 않았다. 불씨처럼 이어지고, 나선처럼 퍼지며 돌고 돌았다.

여행길에서 받은 친절의 씨앗을 나도 품고 간직할 것이다. 언젠가 또 다른 길 위의 누군가를 만나, 오늘의 내가 받은 것처럼 그 불씨를 건네줄 수 있다면—또 다른 누군가는 열매를 맛볼 것이다. 인간이 인간에게 내어줄 수 있는 가장 큰 선물, 친절이란 마음은 언제든 또 다른 길 위의 누군가를 밝힐 것이다.

나도르 가는 길

2002년 여름, 네 번째 수험에 실패한 나는 생명과학부에 들어가 있었다. 적성에 맞지 않는 공부가 괴로웠고, 앞길이 막막했다. 인생의 방향을 정해야 했다. 생각 끝에 전국 자전거 무전여행을 계획했다. 서울을 떠나 남도를 거쳐 제주 일주로 마무리하는 여정이었다. 준비물은 접이식 자전거, 손바닥만 한 지도, 판초우의, 노랗게 염색한 머리뿐. 사람은 무식하면 용감해진다.

하필 출발일이 장마 첫날이었다. 겁이 났다. 이른 아침부터 시골의 부모님께 전화가 왔다. "오늘 출발한다고? 잘 댕겨온나." 네, 하고 대답했지만 차마 발길이 떨어지지 않았다. 잠에서 깬 오빠가 비몽사몽 쐐기를 박았다. "아직 출발 안 했나?" 우리 집에서는 장맛비도 핑계가 되지 않았다.

자전거 일주 내내 평생 우산 없이 맞을 비를 그때 다 맞은 것 같다. 지리산 고개를 넘을 때 힘들고 괴로워 눈물을 쏟아냈는데, 이게 빗물인지 눈물인지 알 수 없었다. 제주에선 태풍이 덮쳤다. 거센 비바람에 앞으로 나아가는 일조차 버거웠다. 한반도의 70%가 산지라는 걸 처음 실감했다. 끝도 없는 오르막에 입에서 씨발씨발이 절로 튀어나왔다. 그날의 일기는 언제나 욕으로 시작해 욕으로 끝났다.

잠은 파출소, 사찰, 성당, 원불교당, 마을회관, 기차역, 도서관, 대학 수위실과 기숙사에서 얻어 잤다. 배고프면 천원짜리 공깃밥에 장아찌를 곁들였다. 길 위에서 만난 사람들은 모두 선생이었다. 처음엔 쭈뼛거렸지만, 어느새 완도의 생선 할머니 셋방으로 따라 들어가 손녀처럼 밥을 먹고 일손을 거들었다. 나도 모르는 나를 하나씩, 둘씩 만나고 있었다.

매 순간 그만두고 싶었지만 울면서도 끝까지 버텼다. 고생은 길었지만, 포기하지 않았다는 사실 하나가 내겐 큰 의미였다. 나는 결심한 일을 해낼 수 있는 사람이라는 걸, 미처 몰랐던 용기가 내 안에 있다는 걸 배웠다. 그 여름의 경험은 내 안에 단단히 쌓여, 지금도 나를 지탱하는 보물이 되었다.

눈이 부실 만큼 햇볕에 부서지던 섬진강을 잊을 수 없다. 코스모스 핀 도로 위엔 생을 다한 잠자리들이 이륙을 준비하는 비행기처럼 끝없이 늘어서 있었다. 다산초당을 떠나던 길, 갑자기 튀어나온 개가 미친 듯 짖으며 뒤쫓았고 나는 허벅지가 터져라 페달을 밟았다. 보성역에서 노숙한 뒤 새벽 안개비를 맞으며 걷던 녹차밭 삼나무 숲길의 아련함은 말로 표현이 안 된다.

모험을 시작할 용기가 부족했던 그날, 나는 등이 떠밀려 집을 나섰다. 이래서 안 되고 저래서 안 된다는 말이 들릴 때마다 그날을 떠올린다. 하고 싶다는 소리가 마음속에서 터져 나오지만 현실에 머물고 싶을 때마다 다시 떠올린다. 그리고 조용히 되뇌인다.

"그럼에도 불구하고 길을 나서야 하는구먼, 거기에 진짜 보물이 있나 본데."

예상치 못한
목적지 나도르

유럽을 떠돈 지 거의 1년, 다닐 만큼 다닌 기분이었다. 화려한 성당과 광장, 보존된 유적이 처음엔 눈부셨지만 어느 순간부턴 거기가 거기 같았다. 베네치아도 덤덤했고, 로마에선 사람에 치여 피곤했다. 알함브라 궁전마저 숙제처럼 느껴졌다. 감흥이 사라진 나는 다른 공기를 원했다.

독일 프랑크푸르트에 머물던 어느 날이었다. 비행기 티켓을 검색하다 '모로코 나도르행' 항공편이 눈에 들어왔다. 5만 원도 안 되는 가격이라니. 다음 목적지는 모로코였다. 문제는 나도르에 대한 정보가 거의 없다는 거였다. 해안 끝자락의 소도시, 여행 가이드북엔 몇 줄 남짓 소개되어 있을 뿐이었다. 착륙지도 말만 '나도르 공항'이었지, 실제로는 이웃 소도시 변두리에 위치했다. 교통편은 택시뿐, 검색되는 숙소는 대부분 고급 호텔. 구글맵마저 텅 비어 있었다. 모로코가 이렇게 폐쇄적일 줄은 몰랐다.

나도르, 단순했지만, 도착하기 전부터 심상치 않았다. 이상하게, 예감이 좋지 않았다―그리고 그런 예감은, 사실 별로 안 맞았다.

떠나기 전, 커지는 불안

출발이 다가올수록 걱정이 커졌다. 나도르에 대한 정보는 여전히 턱없이 부족했다. 설상가상 마침 모로코 전역에서 반정부 시위가 일어난다는 뉴스까지 들려왔다. 발단은 생선 노점상 단속 과정에서의 억울한 죽음이었다. 튀니지에서 과일 노점상의 분신 사건이 혁명을 불러왔듯, 모로코 국민의 분노는 금세 거리로 번졌다. 튀니지는 혁명 이후 오히려 정국이 더 불안정해졌다. 모로코는 어디로 향할지 알 수 없었다.

프랑크푸르트에서 정치학을 가르치는 친구 카렌도 "지금은 좀 위험할 수 있다"고 경고했다. 그 말을 듣는 순간, 마닐라의 악몽이 되살아났다. 싼 티켓에 혹해 떠났다가 목숨을 잃을 뻔했던 기억. 불안은 차곡차곡 쌓여 결국 소화불량처럼 몸으로 드러났다. 가야 하나, 말아야 하나.

마음이 천근만근이었다. 그렇게 망설이는 사이, 기어코 출발할 날이 닥쳐왔다.

밤 8시가 넘어 나도르 공항에 내려섰다. 입국심사장을 빠져나오자 택시 기사들이 몰려왔다가, 내가 프랑스어도 아랍어도 못한다는 걸 알고는 바람처럼 흩어졌다. 버스 터미널로 가려고 지도 표시대로 공항 주차장을 가로질러 오솔길로 접어들려던 순간, 누군가 영어로 말을 걸어왔다.

"어디로 가는 길이에요?"

스무 살 남짓한 주차관리 청년이었다. 그는 버스 정보를 알려주고, 오솔길 대신 대로를 택하라고 조언했다. 인사를 하고 발걸음을 옮기려는데 그가 다시 날 불러 세웠다.

"아, 잠깐만, 잠깐만요."

청년은 검은색 차량의 중년 운전자에게 다가가 몇 마디를 나누더니 내게 말했다.

"이 분이 곧 나도르로 간답니다. 부탁해 놨으니 태워주실 거예요. 다만 손님을 기다리는 중이라 조금 걸릴 거예요."

뜻밖의 행운이었다. 나는 껑충껑충 뛰어가 검은색 승용차 옆에 섰다. 십 분이든 이십 분이든, 기꺼이 기다릴 수 있었다. 청년은 운전자와 나를 인사시키고 형광봉을 흔들며 다시 주차장 정리에 몰두했다.

그때 또 다른 승용차 한 대가 주차장을 막 벗어나려던 참이었다. 청년이 재빨리 손짓해 차를 세우더니 허리를 숙여 운전자와 이야기를 나눴다. 그리고 내게 손을 흔들었다.

"이쪽으로 와요! 이분들이 지금 나도르로 가는 길이에요. 함께 타면 되겠어요."

청년이 가리킨 검은 승용차 안에는 히잡을 쓴 아주머니 세 명이 타고 있었다. 여성들의 따뜻한 미소라니─밤길을 함께 달리는 동승자치고 이보다 든든할 수 있을까. 운전자는 내가 내민 주소를 보고 어딘지 알겠다는 듯 고개를 끄덕이고 출발했다.

차는 곧장 시내로 향했고, 아주머니들과 짧은 인사를 나누는 사이 무사히 중심가에 도착했다. 하지만 숙소 찾기는 또 다른 난관이었다. 상점들은 이미 문을 닫았고 거리는 휑했다. 살짝 긴장되었다. 나는 쪽지에 적힌 숙소 이름을 들고 헤매다 아직 불 켜진 양장점을 발견했다. 점원 두 명이 고개를 갸웃하더니 하던 일을 멈추고 나를 데리고 나섰다.

그들은 지도 대신 발로 길을 찾았다. 첫 숙소는 만실, 두 번째도 만실. 그래도 청년들은 나 대신 포기하지 않았다. 서너 군데를 헤매던 끝에 구 버스터미널 근처에서 낡았지만 깔끔

한 숙소 하나를 찾았다. 하룻밤 6천 원. 찬물 샤워, 그리고 없는 것보단 나은 속도의 와이파이까지. 그 정도면 천국이었다.

야심한 시각까지 발품을 팔아 준 청년들과 기념사진을 찍었다. 고맙다는 말이 모자랐지만 마땅히 건넬 선물이 없었다. 가진 거라곤 양말 두 짝뿐. 나도르의 첫날밤, 불안은 낯선 이들의 거듭된 친절 속에 스르르 풀려버렸다.

자연은 언제나
길을 찾는다

시계를 보니 밤 아홉 시 반. 불과 한 시간 전만 해도 공항에서 시내까지의 길이 막막했는데, 실타래 풀리듯 일이 술술 흘러 무사히 숙소까지 찾아냈다. 도움의 고리 하나가 열리자, 그 뒤로 연이어 사람들이 나타났다. 덕분에 모처럼 모험다운 모험을 한 기분이었다. 이대로 들뜬 마음을 삭이며 그냥 잠들기 아쉬워 거리로 나섰다.

버스터미널 주변은 늦은 밤인데도 활기가 넘쳤다. 길거리 음식을 사 먹으며 사람들 틈을 걷다 보니, 어느새 바다가 눈앞에 펼쳐졌다. 별빛이 반짝이고 파도가 철썩거렸다.

시원한 바닷바람을 맞으니, 한 시간 전의 불안이 믿기지 않을 만큼 멀게 느껴졌다.

"네 가슴에서 나오는 소리에 귀 기울여야 해요. 그럼 길이 열릴 거예요."

인도의 한 명상센터에서 다사지^(선생)가 말했다. 나는 그를 붙잡고 물었다.

"그게 가슴의 소리인지, 머리의 소리인지 어떻게 알 수 있죠?"

그는 빙그레 웃으며 말했다.

"시험해 봐요. 시험해 보면 알 수 있어요."

아마 그래서일 거다. 나는 멀쩡한 길도 굳이 돌아간다. 없는 역경은 굳이 만들어서라도 이 길 위를 걷는다. 내 예상은 번번이 빗나갔고, 난관은 끝없이 닥쳐왔다. 그래도 언제나, 해결의 문은 열렸다. 그 과정을 온몸으로 겪을수록 가슴의 소리를 더 신뢰하게 되었다. 누군가는 신이라고 부르는 그 자연을 끝내 더 믿게 되었다.

결국 알게 된다.

시간을 넘어, 공간을 가로질러,

우리가 미처 예측하지 못한 방식으로—

자연은 언제나 길을 찾는다.

떠나면 알게 될 거야, 나도르 가는 길

내 안의 성소를 찾아 떠난 순례

사람마다 무너진 자아를 복원하는 방식은 제각각일 것이다. 누군가에게는 종교가, 누군가에게는 사람이나 자연이 구원의 통로가 된다. 나에게는 글쓰기가 그러했다. 글쓰기는 모자란 내면을 가감 없이 쏟아낼 수 있는 유일한 해방구이자, 숨을 쉬게 하는 내밀한 안식처였다.

파편화된 기억을 문장으로 박제하는 순간, 모호했던 여정이 나의 온전한 영토가 되었다. 쓰지 않았더라면 그 모든 길은 그저 제자리로 돌아오는 허무한 도돌이표에 불과했을지도 모른다.

여행은
다시 할 수 있어도

리스본은 바닷바람이 매서운 언덕 도시였다. 2월의 찬 바람을 맞으며 꼭대기에서 내려다본 야경은 무심하게 찬란

했다. 흔들리는 불빛 위로 할매 얼굴이 겹쳤다. 태어날 때부터 옆을 지켜주던 분이었다. 한 달 전 할매는 욕실에서 넘어져 대퇴부 골절 수술을 받으셨다. 부모님은 "잘 회복 중"이라며 안심시켰지만, 영상통화 속 모습은 거짓말을 못했다. 콧줄, 링거, 꼼짝없이 누운 앙상한 몸. 문득 다섯 살 꼬마였던 내가 했다던 약속 하나가 떠올랐다.

"할매요, 내 다리가 아파 못 걷겠다. 할매, 내 업으소." 따뜻한 등에 엎드린 꼬마는 할매 겨드랑이 틈으로 고개를 빼꼼 내밀며 말했다. "할매! 이 다음에 할매 쪼마아해지고 내 크다아해지면, 그때에, 그때에 내 할매 업어주께."

불현듯 생각이 스쳤다. '여행은 언제든 다시 할 수 있다. 하지만 사람은 한 번 잃으면 끝이다.' 지금이 아니면 영영 그 약속을 지키지 못할 수도 있다. 젊은 시절 워낙 장신이었던 할매 허리는 여전히 내 가슴께에 닿지만, 지금이라면 내가 업어드릴 수 있을 것이다. 소중한 사람을 잃고 난 뒤 뒤늦게 후회할 수는 없었다.

나는 그길로 귀국행 티켓을 끊었다. 포르투갈에서 독일, 모스크바, 이스탄불을 거쳐 인천까지, 2년이 걸려 간 길을 단 이틀 만에 되돌아왔다.

직접 뵌 할매 상태는 예상보다 훨씬 나빴다. 섬망이 심해 시간과 장소를 구분하지 못했다. 단정하고 다정하던 나의 할머니는 온데간데없고, 기저귀를 찬 채 허공만 응시하는 낯선 노인이 누워 있었다.

그렇게 병간호가 시작됐다. 몇 달간 이어진 병원 생활에 내 몸과 마음이 축나기 시작했다. 지난 2년의 길바닥 여행을 다 합친 것보다 더 지치고 고달픈 시간이었다.

대퇴부 골절은 노인에게 침대 위에서의 사형 선고나 다름없다. 나는 할매의 생이 병상에서 끝나지 않기를 바랐다. 마지막까지 품위 있고 인간다워야 했다. 다행히 할매는 강한 분이었다. 아흔이 넘은 연세에도 기적처럼 보행기를 짚고 일어섰다. '됐다. 이대로라면 6월엔 나도 다시 떠날 수 있다.'

아메리카행 티켓을 검색하며 희망을 품던 찰나, 할매가 또 넘어졌다. 이번엔 반대쪽 대퇴부였다. 회복하려던 찰나에 날벼락도 이런 날벼락이 없었다.

다시 수술, 다시 병원. 끝난 줄 알았던 간병 생활이 도돌이표처럼 반복됐다. 할매는 그 모진 고통을 기어이 버텨내고 퇴원하셨지만, 예전보다 급격히 쇠한 상태였다. 나 역시 몸과 마음의 한계치를 이미 넘긴 뒤였다. 할머니 건강이 어느 정도 안정을 되찾자마자 나는 도망치듯 서울로 올라왔다.

긴장의 끈이 툭 끊어지자 내 정신은 탑이 허물듯 쓰러졌다. 아무 의욕도 없이 내내 누워서 지냈다. 가뜩이나 2년의 유라시아 유랑으로 바닥난 기력에다 그간의 긴장된 간병 생활이 남아 있던 에너지 한 톨까지 앗아간 듯했다.

길 위에서 얻었던 명상? 마음의 평화? 웃기는 소리였다. 온화한 여행자는 온데간데없고, 대신 화가 잔뜩 쌓인 폭발 직전의 인간 하나만 덩그러니 남았다. 작은 일에도 버럭거렸고, 툭하면 짜증이 솟구쳤다. 시간을 허비했다는 자책과 무엇을 해야 할지 모르지만 뭐라도 해야 한다는 압박감이 더해져 하루하루가 괴로웠다.

나는 여행을 떠나기 전보다 더 지치고, 더 황폐한 인간이 되어 돌아와 있었다.

나를 일으켜 세운
글쓰기

널브러진 모습을 한 달째 지켜보던 동생이 마침내 입을 열었다. "언니, 틈틈이 여행기를 써보면 어떻겠노?"

동생 김귀자, 필명은 '김글리'. 이미 책을 여러 권 낸 작가

이자 코치다. 어릴 땐 마냥 성가신 막내였는데, 어느새 인생의 결정적인 길목에서 방향을 짚어주는 존재로 훌쩍 자라 있었다.

컴퓨터 전원을 켰다. 글을 써본 적 없었지만 무작정 자판을 두드리기 시작했다. 기술도 요령도 없었다. 대신 내 안에는 길바닥에서 주워 올린 이야기가 차고 넘쳐서 흘렀다. 눈을 감았다 뜨면 증발할까 두려워, 기억의 조각들을 후다닥 붙잡아 맸다. 낮에는 도무지 풀리지 않는 문장 때문에 머리를 쥐어뜯다가도, 해가 지면 무언가에 홀린 듯 써 내려갔다.

글 한 편이 완성될 때마다 안도감이 밀려왔다. 길바닥에서 보낸 그 치열한 시간들이 결코 헛된 것이 아니었다는, 스스로에게 건네는 가장 정직한 위로였다.

기록을 통과하며 비로소 여행은 '의미'란 생명력을 얻었다. 그 의미 또한 박제된 화석처럼 멈춰 있지 않고, 나의 현재에 발맞춰 시시각각 변할 것이다. 어제의 내가 찾아낸 의미 위에 오늘의 내가 발견한 가치가 쌓이고, 내일의 내가 또 다른 옷을 입히며 그 세계는 끊임없이 확장될 것이기 때문이다.

가로막힌 벽에서
생긴 길

찬 바람이 불자 마음이 다시 들썩였다. 할머니의 건강이 안정세에 접어들자마자 남미행 티켓을 끊었다. 출국을 한 달 앞두고서, 평소 존경하던 역학자 초아 선생님께서 연락을 주셨다.

"귀선아, 네 글이 좋으니 계속 써서 책으로 엮어라. 여행은 언제든 갈 수 있지만, 지금 이 매듭을 지어둬야 다음 여정도 자유로워질 게다."

마음에 깊이 박히는 조언이었다. 고민 끝에 나는 환불도 안 되는 비행기 티켓을 두 번째로 포기했다. 한국에 좀 더 남아, 내 안의 문장들을 먼저 갈무리하기로 마음먹었다.

한국에 머무는 시간이 길어지자, 까맣게 잊고 지낸 과거의 조각 하나가 떠올랐다. 바로 2000년 약대 한약학과에 입학한 지 일 년도 못 채우고 그만두었던 한약 공부였다. 한의대라는 목표에 미련을 둔 탓에, 차선으로 선택한 그곳에 마음을 붙이지 못하고 성급히 발길을 돌렸던 길이었다.

십수 년이 흐른 뒤, 묘하게도 그 길이 나를 다시 불렀다. 해묵은 미련을 정리하는 기분으로 재입학을 문의하며 스스로와 약속했다. 합격하면 학교로 가고, 그렇지 않으면 미련 없이 남미로 떠나자.

결국 나는 비행기 대신 캠퍼스행 버스에 올랐다. 스무 살에 걷어찼던 길을 서른여덟이 되어서야 다시 걷게 된 것이다.

다시 시작한 공부는 재밌고 내게 잘 맞았다. 나는 병을 직접 고치는 '치료자'보다, 풀과 나무와 동물, 광물의 성질을 빌려 몸의 흐름을 돕는 '조율자'에 더 어울리는 사람이었다. 사람의 이야기를 듣고 기운을 살펴 약재를 배합할 때 내 에너지는 가장 자연스럽게 흘렀다.

어릴 땐 적성보다 타이틀에 집착했지만, 먼 길을 돌아 결국 제자리에 섰다. 여행길이 막혀 시작한 글쓰기로 나를 정직하게 마주하는 법을 배웠고, 비로소 내가 어떤 사람인지 이해했다. 할머니의 병간호를 도맡으며 타인을 일으켜 세워본 경험, 그리고 나 또한 무너졌다가 일어선 기억은 한 약사라는 길을 다시 걷게 하는 단단한 동력으로 작용했다. 돌이켜보면 앞을 가로막았던 무수한 벽들은, 사실 나를 이 자리로 이끄는 문이었던 셈이다.

내 안의 지혜로 걷는
지금이란 황금기

지중해의 바삭한 햇살 아래 올리브가 영글어가는 어느 날이 기억난다. 튀니지의 아이스크림 가게에서 만난 현자, 아이다 아주머니가 딸에게 조언을 건넸다. "종교도, 전통도, 타인의 시선도 네 삶을 대신 살아줄 수 없어. 오직 네 신념을 따르며 당당하게 살아야 해."

나는 천성이 현명하지 못해 여행을 떠난다. 160cm 남짓한 몸뚱이로 유라시아 대륙을 세 번이나 가로지르며 부딪히고 깨졌던 것은, 후천적으로라도 현명함을 체득하고 싶었기 때문이었다. 길 위에서 나는 철저히 혼자였고, 어디에도 매이지 않은 야생의 자유를 누렸다. 끊임없이 충돌하는 내면의 목소리 중 무엇이 '진짜'인지 골라내야 했던 시간. 그때 얻은 것은 책 속의 지식이 아니라, 숱한 경험을 통과하며 단단해진 근육 같은 감각이었다.

"부디 남한테 바래지 마래이. 남한테 바라는 마음이 있으면 사람이 쪼그라들어 못 쓴다"던 예안댁 우리 할매의 당부는 아이다 아주머니의 서슬 퍼런 조언과 닮아 있었다. 세상 앞에 쪼그라들지 않고 스스로 서는 당당함, 그것은 할매가 내게 남긴 평생의 가르침이었다. 지혜는 먼 길 끝에 새로이 얻는 전리품이 아니었다. 할매의 따스한 온기로 이미 오래전부터 내 곁에 머물고 있었다.

길바닥을 떠돌며 나는 새로이 현명해진 것이 아니라, 내 안에 이미 깃들어 있던 것들을 비로소 알아보는 눈과 마음을 얻었을 뿐이다. 길 위에서 만난 사람들과 난데없는 사건들은 내 깊은 곳의 지혜를 비추는 거울이자, 잠자던 깨달음을 끌어올리는 마중물이었다.

나의 성소는 늘 내 안에 있었다. 다만 스스로 믿지 못해 밖으로만 헤맸을 뿐이었다. 모험은 결국, 나 자신을 신뢰하는 법을 배우러 떠난 긴 순례였다.

그리고 여행이 끝났다고 생각한 지점에서 진짜 여행이 시작되었다. 바로 '일상'이라는 여행이다. 한 번의 고행으로 성인군자가 되어 돌아오길 꿈꿨었다. 실상 더 지치고 황폐해질 줄도 모르고. 뜻대로 되지 않는 것, 시작과 끝의 경계가 모호한 것조차 삶이라는 여행의 본질임을 이제야 차츰 받아들인다.

쩽한 아침 공기가 폐부 깊숙이 스며든다. 흔들리는 갈대가 고맙고, 파란 하늘이 감동적이다. 무엇이든 다시 시작할 수 있을 것 같고, 당장이라도 또 다른 길로 나설 수 있을 것 같은 기분이다. 여행을 통해 한약사라는 업을 되찾았고, 이제는 내면의 평안으로 향하는 길을 걷는다. 방황하던 과거의 나를 품고, 한약 냄새 배어나는 손으로 글을 쓰는 지금, 이제는 안다. 지금 이 순간이야말로 내 인생이라는 여행의 가장 빛나는 황금기라는 것을.

지금에 충실할 수 있는 건, 나의 선택과 행동이 당장 어디로 닿을지 또렷하지 않아도 결국 가장 좋은 방향으로 흘러갈 것이라는 확신이 있기 때문이다. 그것은 막연한 낙관이 아니다. 하드보일드 트립을 온몸으로 통과하며 몸에 새긴 믿음이다. 수없이 길을 잃고도 끝내 나만의 방향을 찾아냈던 시간들이 내 안에 남긴 결이다.

모든 길은 결국 나를 성장시키는 쪽으로 흐른다. 여행은 그렇게 삶을 가르쳤다. 그 믿음이 지금의 나를 만들었고, 이제 내가 세상을 마주하는 방식이 되었다.

운명은 받아들이는 자를 이끌고, 거부하는 자를 끌고 간다

(Ducunt volentem fata, nolentem trahunt)

– 세네카(Lucius Annaeus Seneca, BC 4~AD 65)

협성문화재단
NEW BOOK
프로젝트 총서

하드보일드 트립

초판 1쇄 발행 2026년 3월 11일

지은이 김귀선
발행처 (재)협성문화재단
　　　　부산광역시 동구 충장대로160
　　　　협성마리나G7 B동 1층 북두칠성도서관
　　　　T. 051) 503-0341　　　F.051) 503-0342
제작/유통 호밀밭

ISBN 979-11-6826-557-8 (03810)